粤侨通四海

林亚茗　黄学佳　编著

南方日报出版社
NANFANG DAILY PRESS
中国·广州

图书在版编目（CIP）数据

粤侨通四海 / 林亚茗，黄学佳编著. -- 广州 : 南方日报出版社，2020.6
ISBN 978-7-5491-2192-2

Ⅰ. ①粤… Ⅱ. ①林… ②黄… Ⅲ. ①新闻报道－作品集－中国－当代 Ⅳ. ①I253

中国版本图书馆 CIP 数据核字(2020)第 085575 号

YUEQIAO TONG SIHAI
粤侨通四海

编　　著：林亚茗　黄学佳
出版发行：南方日报出版社
地　　址：广州市广州大道中 289 号
出 版 人：周山丹
责任编辑：刘志一　黄敏虹
责任技编：王　兰
责任校对：肖　颖
装帧设计：陈圆圆
经　　销：全国新华书店
印　　刷：广州市岭美文化科技有限公司
开　　本：889 mm×1194 mm　1/32
印　　张：6.5
字　　数：140 千字
版　　次：2020 年 6 月第 1 版
印　　次：2020 年 6 月第 1 次印刷
定　　价：38.00 元

投稿热线：（020）87360640　　读者热线：（020）87363865
发现印装质量问题，影响阅读，请与承印厂联系调换。

2017—2019 年
南方日报海外采访组

采　写

王更辉　姚燕永　戎明昌　林亚茗
曹　斯　黄学佳　洪奕宜　卞德龙
胡良光　吴少敏　祁　雷　朱晓枫
黄锦辉　王　聪　吴　珂　梁　涵
龚春辉　余　丹

摄　影

张由琼　李细华　张梓望　姚志豪

实习生
（暨南大学新闻与传播学院）

林嘉琳　王　倩　陈婉玲　刘睿迪
蔡敏玲　黄　敏　周凡舒　杨雨蒙

序

追梦世界舞台　演绎广东故事

2019年10月底，广东眼科医生陈伟蓉结束了太平洋岛国“光明行”，6年内12次送医上岛，她是当地居民眼中的“光明使者”；此前不久，阿联酋粤商会会长张钦伟再次启程返回迪拜，在京参加新中国成立70周年盛典后，他激情澎湃，一张带领商会更好发展的蓝图愈发清晰；在地球另一端的加勒比岛国库拉索，来自广东茂名的华文老师柯小玲，正将中华文化的“种子”播撒在孩子们心中……

医者无私奉献的大爱，粤商勇闯四海的胆略，师者传递文化的担当……新中国成立70年来，在世界不同地方，激动人心的广东故事每时每刻都在上演。广东，这个中国第一大侨乡，数千万海外侨胞与港澳同胞怀着对故国家园的深情热爱，书写与家乡人民共同奋斗的篇章，镶嵌在这70年不平凡的时光里。他们是广东乃至中国通向世界的“桥”，让广东连接世界，也让世界更了解广东。

2017—2019年，在省委宣传部、省科技厅、省侨办、暨南大学、汕头市委宣传部等支持帮助下，南方日报连续3次远赴海外开展跨国大调研，陆续推出走读世界“创新极”，寻找发展新动力系列报道“科创粤洋探”、改革开放40周年海外侨胞港澳同胞凝心聚力同圆共享中国梦系列报道“粤侨为桥通四海”、新中国成立70周年广东与全球共谋发展共享机遇共建未来系列报道“世界舞台　广东故事”以及见证新中国成立以来峥嵘岁月的归侨代表系列访谈等4组报道，采访中，记者向海外乡亲们捎去家乡的问候，也带回并结集出版这本属于他们的故事。

广东创新

苟日新，日日新，又日新。自古，创新精神便是中华民族最鲜明的禀赋。如今，创新驱动更成为点燃中国发展的新引擎。

对经济大省广东而言，牢记习近平总书记的殷殷嘱托，当好创新驱动发展的排头兵，是思想自觉，更是行动自觉。在创新发展进程中，同世界深度互动，打好国际“牌”更是广东的坚定实践。

志合者，不以山海为远。这些年，广东的海外创新“朋友圈”越来越大。在美国硅谷、挪威奥斯陆、英国剑桥、日本东京、以色列特拉维夫……调研组总遇到相似的一幕：科技研发和投资专家、国家前部级官员等“大咖”递上的名片，不仅印有中英双语，有的还印着他们在广东科技企业的任职头衔。

在挪威，世界最大的二氧化碳捕集技术机构蒙斯塔德中心迎来了广东的客人——华润电力海丰发电有限公司代表，双方将探讨深度合作。

在伦敦，英国前环境大臣蒂姆·叶奥（Tim Yeo）向调研组递来中文名片，头衔为“新丝路能源公司董事长”。多次访粤的他，致力于推动英国专家与广东开展清洁能源等方面技术合作。

在以色列，与深圳光启高等理工研究院有着紧密合作的科技投资人艾瑞·瓦龙（Ari D.Varon）博士说，他们看重广东的四大优势：广阔的市场、发达的制造业、灵活的政策、丰富的资本。

“在一些新技术领域尤其是应用技术领域，我们已与发达国家几乎在同一起跑线。”广东亚太创新经济研究院、欧美同学会副会长李志坚认为，全球科技创新发展中心正从欧美向中国扩展。

在全球化大背景下，广东正深度融入全球创新网络，越来越多的“广东元素”影响着全球科技格局和创新趋势。

的确，广东在中国区域创新能力评价中跃居榜首，与其创新的开放度高、外贸经济发达等因素密切相关。尤其是深圳这个中国改革开放的“试验田”，迅速成为一座生机勃勃的创新之城、梦想之城——当地由诺贝尔奖科学家组建的实验室就有5个，“世界500强”项目有68个在深圳布局，国际专利的累计授权量居全球城市第二位……

全球创新“大咖”纷纷对此建言——广东要在顶层设计具备世界眼光，摸准世界科技发展的“脉搏”，认清科技发展现状和应走的路径，提出切合实际的发展方向。

新加坡—中国科学技术交流促进协会副会长蓝伟光博士关注源头创新，建议广东在更多高科技领域承担先锋角色，而非对现有技术进行“跟踪创新”。

美国硅谷知名投资人、Fusion Fund的创始人张璐建议，广东可以学习斯坦福大学的技术转移中心的做法，推进产学研互动，将好技术、专利真正变成市场上的产品。

如今的中国，正谋求开放创新、包容互惠的发展前景，促进和而不同、兼收并蓄的文明交流。

如今的广东，正以创新发展的姿态、开放包容的气质，踏上创新驱动发展的新征程，为探索全球经济新格局和全球化的未来贡献广东力量。

广东大爱

广东医者的大爱，给太平洋岛国居民送去光明，给非洲国家健康事业带来希望。萨摩亚的白内障患者 Sosaiefa 一直盼着广东医生的到来：体重近 200 公斤的他，中风后残疾，雪上加霜的是几乎失明。

2019 年 10 月 21 日，陈伟蓉和团队如约而至，6 分钟内迅速完成白内障手术。Sosaiefa 术后视力大为恢复，终于又能看清楚了，他连声称赞广东来的“光明使者”。这是陈伟蓉 6 年内第 12 次来到太平洋岛国，她的不辞辛苦与无私付出，是广东援外医疗工作者的真实写照——2012 年至今，广东共向太平洋岛国派出 20 批 159 人次的医疗代表团，送医上岛、医疗巡诊，将健康服务送到居民家门口。

广东医生的大爱，还撒播在非洲国家：

在加纳，LEKMA 医院首个新生儿专科，由广东省妇幼保健院送技术、送设备、送培训支持建成；当地建起的西非地区最好的心外科中心，则离不开广东省人民医院心血管病研究所倾注的汗水。

在赤道几内亚，中国医疗队员是“最受欢迎的人”。由珠海市组派的医疗援助队一年半时间内诊疗 7689 人次，获颁该国最高荣誉奖——国家独立勋章。

在科摩罗，广东抗疟团队是“最美驱魔人”。由于疟疾肆虐，曾经那里不少孩子活不过5岁。2006年，广州中医药大学与广东新南方青蒿科技有限公司联合组织的青蒿素抗疟团队，在当地推广全民服用复方青蒿素。仅用了8年，他们就用“中国方案”帮助科摩罗三岛实现疟疾零死亡，发病率减少98%。

援外医疗是一份大国担当，广东以当仁不让的姿态积极作为——从20世纪70年代初开始，广东以爱心、技术、药品和设备帮助发展中国家和地区，近50年间共向赤道几内亚、加纳、冈比亚等非洲国家派出援外医疗队53批808人次，累计医治患者250万人次，为7万人次施行各种手术。

医道无界，大爱无疆。援外医疗宛如一曲生命赞歌，在世界舞台回荡。

广东胆略

广东企业的胆略，是勇闯四海的精气神，是抱团发展的凝聚力，是共享成果的大气魄。

如果说广东是开放前沿，那么粤企则是“走出去”的先锋。2001年，23岁的潮汕青年张钦伟独自前往阿联酋迪拜“闯天下”。当时，阿联酋全国华侨华人不过约3000人，张钦伟无惧挑战，试图用家乡生产的内衣等“潮货”敲开当地市场大门。

在20世纪末、21世纪初的一轮粤企出海大潮中，一大批像张钦伟这样的广东企业家勇敢走出国门闯荡。然而，当时中国的经济实力及产品质量在国际上难以令人信服，广东企业对国外市场也缺乏足够了解。

随着中国的发展壮大，尤其是2013年共建“一带一路”倡议提出以来，粤企迎来了新的发展机遇。

张钦伟正是粤商从弱变强、从试探摸索到更自信主动的参与者和见证者。从零起步，白手起家，他如今不仅是阿联酋的“内衣王子”，还经营着阿联酋手机批发城等多个商贸平台。

扬帆出海的广东企业，日渐成为推动全球经济发展的活跃因子：

在阿联酋，300多家广东中小民营企业凝心聚力，抱团发展，借助粤商会平台，以迪拜为中心，生意辐射到中东、非洲和中南美洲。强起来的粤企还将跨境电商引入中东，成为先进商业模式的引领者。

在加纳，粤企不再简单从事传统出口贸易，而转向工贸一体化发展，战略布局完整。总部位于广州的森大集团建起陶瓷、日化等多个生产基地，工业制造、网络营销、仓储管理的产业链日趋完备。

在尼日利亚，粤企助力当地工业化进程，带来新的商机和更大可能。广东新南方集团移植广东省制造业发展模式，打造规模化的造纸等产业链，聘用了6000名当地工人。该集团计划自2019年起5年内在非洲再建10个园区，提供10万个就业岗位。

新时代的广东企业通达四海，也给所在国人民带来新希望，中国元素、广东印记深深融入了他们的生活：

在哥斯达黎加，广东省电力设计研究院联手华为以及当地企业升级光纤网络，将扭转当地平均网速仅3.9M/s的落后局面，让15万户居民用上“光速”网络。

在埃塞俄比亚，广东企业华坚集团建设的制鞋工厂培养了一大批青年骨干，他们爱以中国地名作为自己的中文名字——“广州”“上海”“辽宁”……这些名字既表达感恩，更承载对生活的希望。

广东担当

广东师者的担当，将中华文化的“种子”撒向四海，为海外侨胞留住了“根”，为连接中外架起了“桥”。

在“半个地球”之外的加勒比岛国库拉索，2019 年中国国庆，当地一所年轻的华文学校里，侨胞的孩子们激动地唱起中国国歌。

文化，是连接世界、联通民心的重要纽带。华文学校像一座桥梁，让库拉索人更深入了解华人群体。在 2019 年侨胞举办的中秋晚会上，孩子们的汉服秀和功夫扇舞惊艳了包括库拉索政府官员在内的全场观众。

力推文化交流，力促民心相通，是大国气度，广东勇于担当。

广东积极在海外推行华文教育，自 2004 年起已向印尼、菲律宾、库拉索、委内瑞拉等 10 个国家和地区的 30 多所华文学校派出 1005 人次华文教师。

华文教育的快速发展，源于海外侨胞维系“根”的渴望，还源于各族裔与中国共谋发展的强大需求。正因如此，社会资本也甘愿投入，加入推广汉语教学的队伍。在肯尼亚、乌干达等 8 个非洲国家的国际学校和高校，广州致知教育集团助力开展汉语教育，并在多个工业园区开展职业汉语培训，传播中华文化。

华文教育的快速发展，折射出海外侨胞不变的乡情，也折射出他们更强大的文化自信。曾经的“西关小姐”、2019年106岁的潘吴瑞芝因抗日战争逃难到南非时，第一份职业就是在华文学校当老师。然而，由于当时华人处于社会边缘，“学好英文就足够”是许多华人家长的观念，潘吴瑞芝不得不挨家挨户上门劝说：“华人一定要学中文。”

今天，侨胞在南非的社会地位更高，华文教育更受重视。他们挺直腰杆，以更积极主动的姿态融入主流社会：数十家侨团联合成立华人警民合作中心，共同应对当地治安难题，得到了政府和警方的支持，使侨胞安居乐业；当种族主义分子发表侮辱华人的言论，当地侨团拿起法律武器集体维权，潘吴瑞芝以华人奋斗者的身份出庭作证，赢得各方尊重。

四海同心

改革开放，如同春雷唤醒大地。最近一个世纪因战争、政治与家乡疏离的游子，翻过高山，越过大洋，穿过海湾，终可归心。

香港企业家田家炳以“送炭翁”的身份归来，他不惜卖掉别墅厂房，在中国捐建学校、资助学生；澳大利亚医生黄肇强以“光明天使”的身份归来，带着医疗队为贫困白内障患者送医送药；香港退休社工徐祥龄以志愿者的身份归来，到东莞创办外来工服务中心，让1300多名外来工子女重返课堂……

数据显示，来自世界100多个国家和地区的海外侨胞与港澳同胞，自改革开放以来捐赠广东兴办公益事业款物超过532亿元人民币，占同期全国侨捐总额的70%。

游子归心，引领新风，情暖南粤。

“0001”，对泰国正大集团董事长谢国民而言，并非简单的数字，而是他心怀桑梓的执念。作为改革开放后最早回国投资的华侨之一，他至今保存着深圳市0001号外资投资企业批准证书。

改革开放初期，当世界对中国充满疑惑时，是他们率先投资，带来了先进的技术、理念以及国际化的视野。

广东各地早期的“三来一补”企业、合资企业与独资企业，几乎都由海外侨胞与港澳同胞投资创办；广州珠江江畔“飞出”的白天鹅宾馆引领了广州酒店服务业的变革，背后有着香港企业家霍英东带来的先进经营理念；进入21世纪，科技型侨资企业如雨后春笋般涌现，推动广东经济实现高质量发展……

近年来，他们以更多的人脉、经验等为“桥”，把中国企业带向了世界。

在泰国，许多中资企业感恩泰国中华总商会泰中商务中心为他们的投资拓宽道路、疏通渠道；在马来西亚，东莞商会以互联网为纽带，成立了“助东莞品牌走向世界”商务推广资讯平台，影响力辐射到中东、非洲；在马达加斯加，有着顺德血统的前驻华大使维克托，始终在为广东企业到非洲投资贸易打开通道……

十指连心，心怀家国，侨智闪光。

不管走得多远，无论隔了多久，中华民族的强国梦始终在海外侨胞心底，他们以实际行动支持圆梦事业。在遍布五大洲的100多个国家和地区，侨胞们成立了220多个促进中国和平统一的社团组织，向全球表达反对分裂中国、期盼中国统一的共识。

博大精深的中华文化，是海内外中华儿女共同的魂。侨胞们以各种形式向世界讲述中国故事、广东故事。在墨西哥城的亚洲湾酒家，不仅粤式点心大受欢迎，酒家“少东家”赵逸汉所组建的“中西合璧”龙狮团也小有名气；在马来西亚槟城，潮州公会联合会创办的韩江学校即将迎来建校百年，除了侨胞的后代，不少其他族群孩子也走进这所华文学校；在华人医生林子强等人的推动下，澳大利亚成为第一个以立法方式承认中医合法地位的西方国家，使这一民族瑰宝、健康良方更好地走出国门……

海纳百川的中华气度，是海内外中华儿女共同的格。五湖四海的侨胞们成为民间外交使者，为中国、广东交朋友牵线。多米尼加华裔社会活动家吴玫瑰，多年来不遗余力推动中国与多米尼加建交，终于如愿；巴拿马总统顾问、江门台山籍华侨陈国基，也是促成该国与中国正式建交的功臣。如今，广东已与63个国家建立了193对地方友好关系，海外“朋友圈”越来越大……

70年大潮激荡，每天都是崭新起点。在新时代的征程，中华同心，粤侨为桥，空间广阔，机遇无限。

今天，在中国综合国力大幅提升的背景下，在推动构建人类命运共同体理念的引领下，新的广东故事让人鼓舞，令人期待！

南方日报海外调研组

2019年12月

南方日报海外调研组采访纽约崇正会

南方日报海外调研组采访南非华人潘吴瑞芝（右二）

南方日报海外调研组采访泰国中华总商会主席陈振治（右一）

南方日报海外调研组采访库拉索华侨会所

南方日报海外调研组采访东京大学尖端科学与技术研究中心主任罗伯特·内勒

目　录

壹

科技创新粤洋探

“创新是引领发展的第一动力，是建设现代化经济体系的战略支撑。”党的十九大吹响了加快建设创新型国家的强劲号角。

新时代，新气象，新作为。面对新阶段的新要求，南方日报在广东省委宣传部和汕头市委宣传部的支持下，在省科技厅、省侨办、暨南大学的协助下，展开了以“科创粤洋探”为主题的跨国大调研。由南方日报记者和暨南大学新闻与传播学院研究生组成的调研组，分别前往美国、英国、日本、以色列等国家和地区，寻找创新先进国家和地区的“创新基因”及“广东元素”。

政府在创新中担任什么角色？

无形之手引领创新大潮

挪威首都奥斯陆是个以灰色为基调的城市。南方日报记者 2017 年 9 月来到这里，见商业街上飘着许多彩旗，上面写着“奥斯陆创新周”，在高冷中添了一些活泼。正值 2017 年度的奥斯陆创新周开幕，包括该国王储在内的众多嘉宾纷纷到场，会场座无虚席，站立者无数。华为等中国企业也有参加，共来了 70 多位代表。

参加活动的挪威创新署署长阿妮塔向中国记者们介绍说：“挪威在可持续发展和智慧城市方面的技术，应当向社会及全球展示。这表明挪威正向创新经济转型。”

在一些发达国家，政府在创新发展中发挥着核心作用。特别是进入 21 世纪以来，许多国家把科技创新作为国家的基本战略，部署科技发展的长远规划，探索推动自主创新的模式。

政策体系弥补市场之“虚”

部分国家的发展经验表明，虽然企业是技术创新的主体，但创新离不开政府的引导和支持。政府的主要手段是运用法规和行政命令，在产业导向、资金支持、成果转化、市场开拓和创业风险扶持等方面实施促进政策，以形成较为完善的科技政策体系。

爱尔兰政府发布《创新 2020——科学技术研发战略》，同时选择一些对产业发展具有重要影响的重点领域给予集中支持。2014 年，这个小国科研水平在国际上的排名已升到第 16 位，纳米、计算机科学和免疫学位居世界前三。

美国政府推出“美国竞争力研究”，对国家级科研项目投入巨资，以基础研究的成果来支撑应用技术的发展。该投资在 2006 年达 100 亿美元，到 2016 年已达 190 亿美元。

韩国的《2025 年构想——科技发展长远规划》提出：政府必须将研发模式从短期研发战略转变成长期的创新战略，重点发展信息、智能制造等方面的核心技术。科技对经济增长的贡献率，从 2005 年的 23% 提高到 2015 年的 26%。韩国政府公布的 2018 年政府预算，在 428 万亿韩元的总预算当中，研发就占了 4.6%。

法国也“砸”下重金打科技仗，2016 年推出第三个未来投资计划（PIA3），配备资金 100 亿欧元，用于国家战略性领域的研究和创新。

各国以法规的形式制定实施科技创新政策，如美国先后颁布了《史蒂文森——怀特勒创新法》《中小企业创新发展法》《技术创新发展法》等多项法律和总统令；英国政府从 20 世纪 80 年代以来出台了 110 多个法案，促进企业科技创新。

政府的创新激励机制是对市场激励机制的补充。特别是周期长、风险高、投资大的领域和项目，一般处于技术的前沿或市场的“虚位”和“冷点”，这就非常需要政府启动政策，或者采取税收优惠、资金支持、人才待遇和产权保护等手段来支撑，以推动资金和人才集聚，从而使技术成熟，可以转化为企业的利益增长点。

优惠手段令企业轻装上阵

人们之所以称政府的调控手段为“无形的手”，主要是因为政府不直接干涉企业等创新主体的创新活动。但政府仍然会通过税收和采购等手段，有力地促进和调控创新的方向和步骤。

税收优惠政策具有普惠性的优点，是国外政府鼓励企业加大研究开发投入最常用的政策工具，既有进行研究开发费用税前抵扣，也有研发费用向后结转或追溯抵扣，准许企业以某年度的研发费用抵销以后年度的盈利，以减少其以后年度应纳税额。据广东省科技厅的调研，美国加利福尼亚、马里兰、北卡罗来纳等州，生物科技企业都得到了相关的税收减免、信贷支持，这是美国生物科技产业发达的原因之一。

英国爱丁堡大学副教授梁希说：“2015 年英国对企业征的税收在 20%，在 G20 的国家中是最低的。”另外从 2013 年起，对于在从事创新开发的企业还可以享受额外税收减免，拥有专利发明的研发机构及企业税收可减少到 10%。

此外，政府对于新技术新产品进行优先采购，也有助于为之提供一个较为稳定的市场需求，降低企业新产品的市场风险，激励企业加大对研发的投入。特别是中小企业的创新产品，如果获得政府的订单，就有利于向银行等融资，以进行更加深入的研发。

以新能源、节能环保的技术和产业为例，关注点不仅在于研发端，更在于市场端的强力拉动，因此各国政府加强在这方面进行市场的培育。记者在奥斯陆创新周开幕式上，看到唯一摆放在会场的展品，就是一辆十分别致的红色电动跑车。据了解，挪威以税收优惠和采购政策，促进绿色能源产品的市场，以刺激绿色能源的技术和产品。该国购买纯电动车可免除25%增值税，而且在停车和充电上也有优惠。

2016年，该国新能源汽车的销量在汽车总销量中占29%，2017年1月更超过50%，挪威王储也购入一辆特斯拉纯电动车。这些措施令石油富国的挪威竟然在全球电动汽车市场占有率排在第一。

政府在采购方面也有倾斜的措施，以促进企业的技术研发。负责许多地方公共交通的DSD集团公司技术总监介绍说，他们研发出环保动力技术的船舶新产品，已得到政府的采购订单。这保证了稳定的市场份额，对于企业的创新是最大的刺激。

政府投入给创新加油

进入21世纪以来，创新成为各国及地区最重视的发展方向。2017年12月1日，中国香港特首林郑月娥女士在“两岸四地青年企业家峰会”上介绍，香港特区政府为了推动创客经济，促进新产业，培育新动力，将采取一系列促进创新发展的措施，包括：资助研发的投入将在五年内增加一倍，以税务优惠来促进企业创新及引入高科技企业；为了培育和吸引高科技人才，政府推出5亿港元的科技专才计划，另外还成立青年深造基金；政府提供20亿港元的创投基金，以及5亿港元的青年发展基金，与风险投资基金一起推进青年创业……

2017年3月，以色列财政部与证券管理局设立四项新投资基金，每项总金额不低于1.12亿美元，以增加政府资金在科技领域中的份额。

政府在创新方面的资助，对创新主体的决策具有显著影响，特别是促进产学研的合作，引导企业开展共性技术研发。近年来，发达国家全社会研发投入占 GDP 的比重维持在 2.5% 以上的水平，如 2013 年日本、奥地利、瑞士和北欧各国都超过 3%，以色列和韩国更是高达 4.2%。

荷兰国家科学研究组织负责人向我们介绍说，其所进行的一个关于新能源的共性技术研发，由政府与壳牌等大企业共同投入 1 亿欧元，有包括诺贝尔奖获得者在内的 40 名荷兰科学家参与。

企业越处于成长阶段的前期，其创新活力越强，政府研发资助所可能发挥的作用也就越大。如挪威创新署企业家精神和创新企业部主任奈斯先生介绍说，创新署一年有约 20 亿元的资金，用于支持初创和中小型企业。如公司在创立之初，可以向政府申请 8 万至 10 万元不等的资助，这项资金不需要企业返还。若公司无法很好地打开市场，还可以再次向政府申请资金支持。此次公司将得到 5 倍于第一笔资助的资金，约 40 万至 50 万元。但第二笔资金相当于政府的贷款，企业盈利后需要返还。对于环保类企业，政府资金支持会更加多，可能高达企业研发项目所需资金的 40%。2016 年，政府对 1500 个新企业进行了资助。

此外，国外发达国家和地区还积极探索多种形式的间接资助方式。例如，目前法国实行的“科研税务贷款制度”、风靡欧洲各国的“创新券制度”等。

“创新券”是针对中小企业研发经费不足而设计的一种“创新货币”。政府向企业发放创新券，企业用创新券向研发人员购买科研服务，科研服务人员持创新券到政府财政部门兑现。创新券制度使得资金只能购买创新服务，避免了公共科技投入的流失；而且引导大学、科研院所为中小企业服务，成倍放大了公共科技投入的效能。

广东省在2014年起也实行了创新券制度，并探索事后补助、股权投资等间接资助方式。同时，借鉴韩国的成功经验，设立技术准备金制度，企业可按收入总额的3%—5%提取技术开发准备金，并允许其在以后三年内用于技术开发等活动，享受相应税收优惠。

芬兰不仅只有诺基亚

诺基亚，人们一想到北欧小国芬兰的经济和科技时，就只能想到这个曾经风光无限的手机品牌。广东省发改委创新发展处曹克齐在芬兰进行了一个月考察后说："芬兰不仅仅是这些。诺基亚公司虽然已经出让了手机业务，但在军工、网络、人工智能等技术上仍有强劲的研发能力。"

曹克齐说，从20世纪90年代初开始，芬兰凭借举国对创新的重视和政府持续的投入，从经济危机中一跃而起。该国各个方面的官员、专家都向中国客人介绍，其创新能力是在高质量的教育、紧密的产学研合作，还有政府支持的基础上形成的。

早在1993年，芬兰把国家创新体系作为芬兰的发展战略。政策所实施创新及资源配置的机构，主要有国家研究发展基金会、国家技术创新局、芬兰发明基金会、芬兰科学院、芬兰产业投资基金等。国家技术创新局选择可能给经济和社会带来效益的项目，每年为约 1500 个可商业化的研发项目以及 600 个公共研究项目提供资金，并推动产学研用之间的合作。国家技术创新局本身不从中获任何经济利益，也不要求任何知识产权。另外，它还实施一些前瞻性的国家技术计划，推动形成产业群，包括资助了诺基亚在内的高技术企业。

芬兰发明基金会则促进发明在生产中的应用，在技术发明者、院校与产业间架起桥梁。芬兰技术研究中心是北欧最大的多学科研究机构，主要提供研发、测试、信息和风险投资服务，促进科技成果转化，从而孵化出更多能投入使用的应用性研究成果。当然，该国的企业既是技术创新的重要参与者，也是技术成果的直接受益者，最大的 20 家企业研发支出的总和是所有大学总和的 2 倍。

芬兰的国家技术创新局、国家研究发展基金会等机构的资助资金均来自政府财政。即使在今天，在该国的研发投入中，政府仍然占 30%—40% 的比例。如近年来，国家技术创新局投资资金 60% 流向了企业（其中 70% 属于中小企业），40% 流向了科研机构。

案例

是推动航空母舰还是扶持小船？政府资助方式在调整中

政府对于企业科技创新的资助，是国家创新战略的体现。早期，许多发达国家是倚重大型企业，如美国政府大力扶持全球有名的巨头公司及其下属研究机构，从而培育航空航天、IT

产业很多原创性技术；日本、韩国政府也是通过支持三菱、本田、日立、三星、现代等大型企业，实现技术上对欧美的“赶超”。

然而，这种政府激励机制的重点有所调整。广东软件园董事长周海涛研究员对此进行了研究。他认为，大企业资金较为充足，自主创新能力较强，政府财政资金扶持的效果有限；而中小企业虽然缺乏规模效应、市场竞争力弱、无形资产稀缺，外部融资十分困难，然而其具有适应性强、专业化程度高、服务灵活等诸多优势，具有非常强的创新潜力，政府支持可能产生的刺激作用更大，即“雪中送炭”的效益比“锦上添花”明显。

近年来，发达国家越来越重视中小企业的发展，制订了许多保护和支持中小企业发展的政策，并配备相应的发展基金。例如，美国建立了相对独立的中小企业技术创新法律体系，如《小企业经济政策法》《小企业技术创新法》等，还专门成立了小企业管理局、白宫小企业委员会和国会小企业委员会；欧洲议会通过了《欧洲小企业宪章》，德国制定了《中小企业促进法》《中小企业结构政策的专项条例》等，法国设立了为中小企业推广新技术提供资助费用的国家科研推广局等。日本、韩国等历来偏重扶持大企业的国家，也在逐步转向对中小企业的扶持。例如，日本成立了专门针对中小企业贷款的“国民金融公库”“中小企业金融公库”“风险事业和中小企业支援型共同研究推进基金”等。

爱尔兰政府的科学基金将投入 3.55 亿欧元，支持科研中心的建设，但同时要求这些中心必须与企业开展产学研合作。目前，产业界承诺的投入超过 1.9 亿欧元，已经有超过 200 家企业参与合作，包括有 116 项是来自中小企业。

孵化器不是聊天室　要真的能孵化项目

广东省 21 个地市已实现孵化器、众创空间全覆盖，但运作效率和质量还有待提高

一颗希望的种子要生根发芽、开花结果需要阳光和雨露，孵化器、众创空间对创业企业的功能与自然界万物生长的道理一样——在企业成长中提供研发、生产和资本的服务条件，以及商业和法律等方面的指导，以降低企业的创业风险，提高企业成活率。

2017 年 12 月 27 日，调研组从广东省科技厅了解到一组最新数据：广东省 21 个地市实现孵化器、众创空间全覆盖，其中科技企业孵化器超 690 家，在孵企业 2.6 万家；众创空间达 620 家，同比增长 21%，可谓颇具阵容。然而，其运作的效率和质量还有待提高。

“科技创新粤洋”项目调研组探访以色列、新加坡、荷兰、爱尔兰等国，调研当地孵化器与众创空间建设运营等方面的先进经验，为进一步推进广东孵化器建设、加快科技成果转化提供新思路。

企业“挤破头”进高租金园区

荷兰的埃因霍温是著名的科技之城。根据世界经济合作与发展组织早些年的统计数据显示，埃因霍温每 1 万人产生

22.6份专利，曾被《福布斯》杂志评为“最具创新精神的城市”。

埃因霍温高科技园区最早在20世纪90年代由荷兰著名小家电巨头飞利浦公司设立，作为电子研究和发展设施的基地。这里租金比市中心园区高，却有很多企业“挤破头”希望进入：企业进入园区，不仅拥有了现代化的办公环境和便利的服务设施，还意味着进入了成熟的商务生态系统，拥有更多商机和发展空间。埃因霍温高科技园区建筑内部也为创客创造了很多交流和碰面的空间，比如把电梯建在角落，鼓励人们在上下楼梯过程中交流想法等。

以色列这个全球著名的创新国度也拥有世界上最先进的孵化器。除了广受政府支持、由大型企业基于自己的产品研发需求建立的孵化器外，独立于政府、由私人创立并管理的创客空间（co-work space）也随处可见。

调研组一行来到位于以色列第二大城市特拉维夫市中心Sarona Market三楼的WeWork创客空间。共3800平方米的空间，拥有11个会议室。走出电梯，第一眼你会觉得这是咖啡馆。大厅内，各种肤色的“创客”端着笔记本电脑，或面对面“头脑风暴”，或低头敲着键盘，点子就这么碰撞出来了。

穿过WeWork创客空间，内部被划分为一个个隔间的办公区，可容纳一人到十几人不等。创新的“化学反应”总在这里发生——年轻人们讨论的项目，很可能到隔壁间的风投公司就能拿到投资。

深圳光启高等理工研究院在特拉维夫的国际创新总部便入驻了WeWork，参与合作的以色列创客多伦·绍尔（Doron Zauer）在一个隔间向调研组介绍了GCI（Global Community of Innovation，全球创新共同体）基金的创新社区业务，也展示了 WeWork 的准入机制，“提出申请的创业团队只要符合条件就可在创客空间里获得一间独立的办公室，自由使用公共休息、会客区，并拥有租用公用会议室的权利。”

在他看来，WeWork 像是一所有着许多学院的综合性大学，创客空间内的数十个公司好比不同学院，它们专注于完全不同的领域，却因共享有了更多交流和合作的可能，为小创业团队前期工作提供了便利。

爱尔兰几乎每所高校都有孵化器

高校，在创新进程中发挥的作用不容小觑。从多国经验来看，高校孵化器的完善对地方科技创新能力提高至关重要。

在爱尔兰，高校内的孵化器扮演着培养企业家的重要角色，几乎每一所高校都有孵化器。爱尔兰都柏林理工学院（DIT）的“温室孵化器”（Hothouse）是爱尔兰表现最出色的知识成果转化孵化系统，致力于将都柏林理工学院的研究商业化。

DIT“温室孵化器”目标是改善爱尔兰创业公司在国内和国际市场的商业前景，帮助爱尔兰创业公司发展在国内和国际市场上实现经济潜力所需的能力。

在爱尔兰都柏林理工学院校长助理吴兵教授眼里，孵化器的软性作用是培养企业家。都柏林理工学院主教学楼的五楼是如同 WeWork 一样的公共空间，常常聚集着满脑袋想法的学生。

“这是一个国家指导的计划，DIT 按照国家的要求每年组织专家从大量的申请中筛选出10—20位创业者，由政府拨款5000欧元作为启动资金。DIT会为创业者配备导师，将想法转化成商业计划书。之后三个月里，创业者们将在学校的孵化器内，脱产上课、讨论，并且不断评估商业计划。”吴兵说，培训结束后，会有专家对创业指导计划书进行评估，通过者将继续获得政府的资助，利用经费在十个月内成立创新公司。

不少公司在DIT孵化器中成长起来。“还有不少百万富翁呢，他们出来了还需要雇用6—10个人，从而也提高了就业率。”吴兵说，专利申请方面学校有非常成熟的办公室，把研究人员从专利申请的程序性工作中解脱出来。

“总而言之，孵化器不仅是盖楼，而且要提供环境、孵化导师、成功孵化人员的经验、鼓励产业转化的专业办公室等，这是一套完整的体系。”吴兵说。

启动孵化器是有效创新生态系统的重要组成部分，爱尔兰高校孵化器通过提供指导、办公空间、专业服务和财务服务等帮助许多初创企业验证自己的想法并取得成功，将他们的想法迅速转化为具有全球竞争力的业务。高校孵化器为爱尔兰的创新生态系统发展作出了重大贡献。

广东科技孵化器发展势头迅猛

过去几年，广东科技孵化器发展势头迅猛。最新数据显示，广东省21个地市实现孵化器、众创空间全覆盖，其中科技企业孵化器超690家。虽然广东省科技企业孵化器体系建设取得明显成效，但是仍然存在区域发展不平衡突出、提质增效任务迫切、孵化服务能力有待提升、专业管理服务人才供给不足等问题。

在多伦·绍尔看来，孵化器要培育出真正具有原始创新能力的企业，需要学习国外先进孵化器的模式和理念，向专业化、国际化发展，向新一代孵化器发展转变，建设孵化育成体系，大力提升孵化品质，为创业者提供真正有效的“孵化”。

广东省科学技术厅关于印发《广东省科技孵化育成体系提质增效行动方案（2017—2020年）》的通知要求，将孵化育成体系建设摆在更加突出的位置，积极推进省级、市级孵化器行业协会建设，充分发挥各级孵化器协会的纽带作用，加强行业合作，规范行业行为，进一步推动众创空间及创业投资发展，营造良好的行业生态环境。为推动孵化器载体高质量发展，要加强对孵化器载体的管理和引导工作，包括开展孵化器运营评价工作，积极开展省级孵化器、众创空间认定，建设广东孵化在线平台。

广东省科技厅相关负责人介绍，下一步，广东省孵化器建设将围绕支撑实体经济发展为总目标，由注重“量的增长”向注重“质的提升”转变，坚持政府引导、质量优先、分类指导、重点突出等基本原则，加强重点工作。不仅如此，广东还将加大对孵化链条建设的引导和支持，推动各地围绕当地的支柱产业、特色产业和战略性新兴产业，建设一批各具特色的众创空间、孵化器、加速器，营造创新创业的良好环境，打造完善的“众创空间＋孵化器＋加速器”科技创业孵化育成链条，实现从团队孵化到企业孵化再到产业孵化的全链条、一体化服务。

“养在深闺”的科研成果如何走向市场？

高校是创新人才和项目的摇篮

从日本成田机场到东京市区，经过有着美丽弧度的彩虹大桥，在夜色中，彩灯点缀着高大的桥身，使这座桥也成了东京湾的一个观光胜地。

在日中国科学技术者联盟会长杨克俭参与了这座桥的抗震加固设计和维护工作。在日本建筑大企业工作的他，深深地感受到高校和企业合作的重要性，他说：“科技的创新离不开人才培养和基础研究，而高校是这二者的摇篮。”

但是，“养在深闺”的科研成果，常常缺少带领它走向市场的“红娘”。而发达国家在推动成果走向市场方面，有许多成功之路。美国斯坦福大学选择自建平台，新加坡政府则更多通过政策推动，在日本、加拿大等国家，还有不少自发形成的协会和非营利性机构，成为连接高校和市场的“桥梁”。

跨学科课程培养创新型人才

在新加坡南洋理工大学，调研组采访到了该校数理科学学院教授、新加坡—中国科学技术交流促进会会长申泽骧。申泽骧告诉调研组，在人才引进方面，新加坡可谓是重金投入。新加坡提出“智慧经济”，通过政府主导，整合各界资源，同时提供优惠的政策吸引外国公司、人才。“比如说配偶能够获得绿卡，孩子上学也能够享受到国民待遇，我也是这些政策的受益者。”

除了对外“广撒网”引进人才，新加坡在对本地人才的培养上也投入了大量精力。

新加坡机器人与创客学院（RMA）由新加坡资讯通信发展管理局（IDA）和新加坡理工学院联合组建，该学院责任人、新加坡理工学院机器人研究中心主任周长久博士告诉调研组，目前整个新加坡在打造“智慧国”，要让每个人都掌握各种各样的技能。

高校在人才培养上发挥了重要作用。“剑桥相信，仅仅有科学是不够的，那些科学爆发出强大价值的时刻，都发生在学科与学科交流、碰撞的边界。”英国剑桥大学贾奇商学院（Cambridge Judge Business School）戴维·莱纳（David Reiner）教授说，剑桥建立了专门的项目把不同学院、不同专业的人才集中到一起，使得剑桥的创新成果排名在整个欧洲靠前。

在美国，跨学科的交流同样是高校中备受认可的一种模式。广州中科院先进技术所研究员、美国灵线智能设备有限公司创始人唐建柳曾拿过美国最佳创新奖。他以自己的经历为例：“我硕士读的是应用科学，后来就到一个计算机科学教授的实验室去工作，我的博士学位写的是应用科学，但是我从事计算机科学的研究。”唐建柳说，这是美国大学的一个模式，系与系之间的学生可以流通，知识可以互补互换，就能点燃创新的激情。

高校是连接企业、政府的“桥梁”

在高校里初长成的“小树苗”，如何与社会连接，长成“参天大树”并收获“果实”呢？东京大学尖端科学与技术研究中心（RCAST）罗伯特·内勒（Robert Kneller）直言，高校要找到愿意合作的企业其实非常困难。

中加科技总汇董事长、加拿大洁能科技（中国）公司董事长汤友志介绍，加拿大许多高校设有产业化办公室，由其成立相应的公司；另一种是不做产业化的，通过股份等方法直接和公司对接。

许多国外高校会成立专门机构协调政府、企业和高校间的关系，例如，美国的技术授权办公室（OTL）、技术成果转化办公室（TTO）、技术转移中心（CTT）、大学技术管理协会（AUTM）；英国的工业联络办公室；日本的技术转让机构（TLO）等。剑桥大学也建立了一个创新体系，既鼓励科学家与企业合作，从企业需求的角度进行创新，又鼓励研究者在学术以外，自主从实务领域挖掘更多获得资金的渠道，在剑桥打造出务实创新的氛围。

罗伯特·内勒介绍，“联合研究”和“合约性研究”是最常见的两种高校与企业或政府合作的模式。他分析，东京大学的R&D（研究与开发）几乎占据了日本高校R&D总量的12%，赞助方加入的联合研究则是东京大学最主要的科研转化方式。“这样的体系导致很大比例的高校科研成果，都控制在大量的成熟大企业手里。”

在这样的市场环境下，日本人才对于“白手起家”的创业并未表现出太大热情，而是更倾向于在大公司就业。新加坡也有类似的情况，新加坡创行投资有限公司总裁何豪杰认为，新加坡的政府更像是一个企业，“新加坡是政府主导带动科技创新，而不是人民自发带动创新。”

国内市场趋于饱和，更多的新加坡科研合作走向海外，而中国与新加坡文化相近、语言相通，成为不少高校与企业合作的“目的地”。开放且包容的广东，也吸引了许多合作项目。

申泽骧介绍，新加坡南洋理工大学与华南理工大学在中新广州知识城共建研究院，就是共享 IP，有点像在中国的孵化器。而新加坡—中国科学技术交流促进会与佛山科学技术学院的合作，也将设立佛山南洋研究院，未来有望培养硕士或博士，一同搭建平台，把技术引进中国并做孵化。

2017 年 12 月 18 日，由李嘉诚基金会捐资，以色列理工学院与汕头大学合作创建的广东以色列理工学院举办揭牌活动。这座我国第一所引进以色列优质高等教育资源的中外合作大学自两年前启动奠基仪式以来，备受关注。作为配套设施，汕头市政府在“广以”南校区附近，规划建设一个占地 5000 多亩的中以（汕头）科技创新合作区。

按照政府设想，未来它将会成为以色列创新技术转化为现实生产力的窗口，促进以色列技术和汕头本地产业对接，并给予学生相应的创新、创业机会，对于加快培养高尖端人才，提升汕头、广东乃至全国的科研水平和创新能力，促进中以两国的合作交流具有重大意义。

创新故事

探秘新加坡理工学院机器人研究中心 “它‘穿越’到虚拟世界里去装配了”

走进新加坡理工学院机器人研究中心，仿佛进入了“科幻世界”——一进门，就是一个比肩成年男子身高的机器人在一侧“迎宾”；在测试场地，5 岁孩童般身材的人形机器人一会儿讲故事一会儿唱歌，还会打招呼；在放满了奖状和奖杯的荣誉柜上，整整齐齐地摆放着一排曾经获奖的机器人，仿佛诉说着曾经的荣耀。

在一处测试场地，一场物流机器人的“比拼”正在进行。像小吊车一样的机器人沿着轨道快速地拾取物品并进行分类；完成后，机器人迅速移动到感应点，旁边的电脑屏幕上突然出现了一个卡通机器人，开始虚拟世界里的分拣。

“它‘穿越’到虚拟世界里去装配了。”新加坡—中国科学技术交流促进会副会长、新加坡理工学院机器人研究中心主任周长久博士说，虽然这只是一个模拟系统，但虚拟和现实之间的联动（CoSpace），将为工业 4.0 带来更大的助力。

“我们很多优秀机器人，都是拿过世界冠军的。”周长久看着井然有序地进行分配的机器人，笑着说，“这些是我们与深圳机器人公司联合开发的，广东在机器人制造这方面也做得很不错。”

周长久还是国际机器人世界杯(RoboCup)理事会副主席、亚太机器人世界杯（RCAP）创会主席。他介绍，从国际机器人比赛中，就能看出新加坡对于人才培养的重视。

周长久认为，中国的人工智能发展正在“弯道超车”，现在是中国发展机器人技术和人工智能最好的时机。而在中国制造 2025、中国人工智能的计划下，最重要的是建立一个生态系统。“这个生态系统一定是把教育、研究、工业、用户完全形成一个链条，在这个生态系统中，它不仅仅是一个中国的生态系统，还能连接全世界。”

如何孵化全球“独角兽”企业？

妙招引“最强大脑” 创新可“天马行空”

美国硅谷101公路两侧，在不起眼的灌木包裹下，隐约可见谷歌、雅虎和苹果等一批世界级企业；拐进“美国西海岸华尔街”的沙丘路，路边是赫赫有名的风险投资机构；不远处则是世界知名研究型高校斯坦福大学……硅谷的高校、风投和企业，把科学、技术和生产深度融为一体，深刻影响着世界科技产业趋势和格局。

广东正着力打造中国版“硅谷”。不久前，广东省委、省政府正式印发《广深科技创新走廊规划》，规划“一廊十核多节点”的空间格局，提出到2050年建成国际一流的科技产业创新中心，成为全国创新发展重要一极。

创新种子如何像在硅谷一样，在广东实现快速生长，成功孵化一批全球“独角兽”企业？调研组一行走进美国硅谷、纽约和新加坡、日本、英国等创新型国家的“硅谷”，深入调研人才、风投和环境等要素构成的科技创新生态。

引人才：“最大的投资是人才”

郭慧娟在美国亚利桑那州立大学毕业后，来到硅谷成为一名“创客”。3年多来，她建公司、找资金、搞研发，“捣鼓”了一个厚度约为3.5毫米的游戏“魔戒”。用户把“魔戒”

戴在手指上，就能与手机、平板电脑以及时下流行的 VR/AR（虚拟现实 / 增强现实）设备连接，自如地跟机器交互。“硅谷的科技创新魅力和宽松创业政策，吸引我到这。”郭慧娟说。

科技创新的竞争，说到底是人才的竞争。创新型国家发展经验表明，系列利好政策有利于吸引世界“最强创新大脑”，有助于提升科技创新竞争力。

作为移民国家的美国，就是依靠持续引进世界各国的优秀创新人才，保持全球创新领先优势。不久前，美国移民局发出通知，宣布国土安全部开始执行“国际企业家规则”，创业者只要能够从美国投资人手中获得一定投资和股份，便可获得最长 5 年的停留期限。英国实施了“高技能移民计划”，专门用于吸引高层次海外人才，并放宽入境限制，吸引外国留学生和科研人员到英国学习和工作；日本在国外建立研究所，巧用全球创新人才；新加坡实施个人所得税退税政策、建立海外联系中心，吸引大批全球高层次人才前来创新创业。

“新加坡最大的投资是人才。”新加坡—中国科学技术交流促进会会长申泽骧表示，新加坡 10 多年前提出“智慧经济”，加大产学研的投资力度，甚至给引进人才及其配偶绿卡，让其孩子享受国民教育待遇，吸引了大量国际一流人才。

建生态：风投助创新种子茁壮成长

纽约知名投资人、龙门资本董事总经理朱丽洁在朋友圈说：在纳斯达克敲个“闭门钟”，“阔伯新星”新兴企业加速器孵化的一家金融科技企业股价大涨 354%，市值达 15 亿美元。

朱丽洁创办了“阔伯新星”新兴企业加速器和北美创业大赛，遴选一批批具有国际化发展潜力、成长性强的创新创业企业，进入孵化器，登陆纳斯达克。“科技创新需要生态。其中，风投就是发挥市场的杠杆作用，连接项目、人才与资金，可以极大促进科技创新。”朱丽洁说，斯坦福大学等源头创新高校是“大脑”，风投等金融服务则是“血液”。

硅谷知名投资人、Fusion Fund 创始人张璐说，硅谷之所以成为硅谷，除了斯坦福大学和高科技公司对创新人才的培养，风投资本的存在，更加速了创新创业的活跃度。美国 50% 的风投资本都在硅谷，风投的活跃就相当于催化剂，帮助企业在早期获得资本支持，快速实现成长扩张。

造环境：宽松创业环境允许失败

是什么激发了创新？多所世界一流大学的专家几乎给出了一致的答案：宽松的创新创业环境。

“剑桥大学某位教授的创新项目失败了，同事不仅不会投以冷眼，反而会觉得他很棒。”英国剑桥大学贾奇商学院戴维·莱纳教授表示，学校的每个建筑家、物理学家、化学家几乎都拥有自己的公司，这与剑桥建立的成熟创新体系和宽容失败的创新管理模式分不开。

“我们允许学生创业失败。”美国哥伦比亚大学高级创业导师克里斯·麦加利表示，大学支持创业正如养育小孩一样，用被子将他们裹起来，确保他们不摔疼，但他们永远都得不到你要给他们的一切，也学习不了独立完成任何事情。所以，哥大允许学生创业公司自负盈亏，无论成功还是失败，学生的个体初创企业将在失败中学习而变得强大，整个社会的生态也会变得更强大。

案例

归国女科学家点赞广东：

创新创业团队全省开花

东莞市松山湖礼宾路 1 号控股大厦的 9 楼整层，属于广东（东莞）材料基因高等理工研究院，研究院的走廊里挂满了介绍中子散射、材料应用的展板。

1999 年，张书彦奔赴英国求学，2008 年牛津大学工程科学博士毕业后，她进入英国散裂中子源实验室进行博士后研究。此后，她在中子技术的工业应用领域取得了众多代表国际先进水平的研究成果。

国内单项投资最大的科学基础设施——中国散裂中子源，2011 年在广东省东莞市开工建设。散裂中子源被称为一台“超级显微镜”，是探测物质微观结构的最重要科研装置，可以广泛应用到材料、生物、医学和核能等众多领域。

2015 年 10 月，东莞市相关领导率团赴英国考察散裂中子源装置的建设与应用情况，张书彦担任解说。张书彦说，从 2014 年她回国探亲开始，东莞对她的“追求”就没停过。在英国学习、工作、生活了 17 年的张书彦“感受到了政府的诚意”，2016 年初带着全家回到了广东东莞。

张书彦团队通过对中国散裂中子源的建设应用情况、国民经济与国防建设领域的实际需求、中国中子应用技术和工程力学技术研究现状和水平进行调查研究，在2016年3月创办了“广东（东莞）材料基因高等理工研究院”。

从2009年开始，广东省在国内率先开展“整团队成建制”引才，每年投入8.5亿元实施“珠江人才计划”，面向海外大力引进国际一流水平的创新创业团队和领军人才。广东省财政分档次给予团队1000万至1亿元的资助，给予领军人才600万元的资助。自计划启动以来，广东省财政累计投入30亿元，共引进5批117个创新创业团队和89名领军人才，其中包括4名诺贝尔奖获得者、2名诺贝尔奖评委、1名欧盟最高科学奖“笛卡尔奖”获得者、39名欧美发达国家院士。

“广东创新创业团队遍地开花！”张书彦为广东对创新创业的大力扶持点赞。

完善知识产权制度建设
为企业撑起创新“保护伞”

离开对知识产权的保护，创新就是一句空话，健全的知识产权保护制度，正是保护企业、高校安心投入到科技创新的重要支撑之一。

放眼世界，主要发达国家通过健全的专利保护，实现了科技的飞跃。

德国第三大城市慕尼黑被誉为欧洲“知识产权产学研中心”。走在慕尼黑繁华的街道上，除了能看到代表“德国制造”的空中客车、宝马公司、西门子公司等高新企业，还能看到德国专利与商标局、德国联邦专利法院，各类专利事务所等为企业创新保驾护航的相关机构。注重对知识产权的保护，是德国成为欧洲经济和创新“心脏”的秘密。

党的十九大报告强调，倡导创新文化，强化知识产权创造、保护、运用。记者走访荷兰、德国、英国、日本等地发现，这些国家通过不断完善知识产权制度建设，建立行政执法和司法协调运作的专利保护机制等，为企业撑起创新“保护伞”。

完善知识产权保护制度

作为当前国际通行的维护创新合法权益、促进科技创新最为有效的法律制度，知识产权保护制度能够为企业科技创新提供内在的动力机制和外部的公平竞争市场法律环境，对促进科技创新意义重大。

当前，很多发达国家都建立了完善的知识产权保护制度。如英国早在1709年便制定了世界第一部著作权法——《安娜女王法令》，1883年出台的保护工业产权的《巴黎公约》是英国专利法和商标法的基础；德国出台了《商标法》《著作权法》《专利法》等，对世界影响深远；日本颁布《实用新型法》《外观设计法》《商标法》《反不当竞争法》等。

在知识产权保护制度建设方面，近年来中国博采各国之长，不断强化相关顶层设计。如自2008年《国家知识产权战略纲要的通知》颁布后，我国陆续修正了《商标法》《专利法》《技术合同法》《著作权法》和《反不正当竞争法》等法律法规文件。

但值得注意的是，在当前中国不断融入世界经济，大力推进“一带一路”倡议的背景下，我国知识产权制度既面临补足过去短板的老问题，也面临须同步与国际标准接轨的新挑战。德国慕尼黑大学民法、知识产权法和竞争法教授安斯加尔·奥利（Ansgar Ohly）向记者介绍了德国在欧盟框架下，与其他欧盟国家在知识产权保护方面的合作经验。

“在欧盟内部，大部分的知识产权法律已经实行一体化了，实现这一目标的两项法律手段分别是指令（directives）和条例（regulations）。指令约束了成员国的法律，成员国必须执行。如2015年重新修订了1988年商标指令，该指令统一了注册商标的内容。因此，德国商标法是德国法律，但其规定与英法的规定相似。”安斯加尔·奥利说。

但由于受国家法律保护的知识产权具有地域性，且欧盟主要目标是建立一个内部市场，因此欧洲很早就出现了旨在建立全欧盟范围内知识产权保护的倡议。“这种权利只能根据条例（regulations）来制定，而这些规则不需要由成员国执行，但有约束力。”安斯加尔·奥利说。

不少接受采访的外国专家建议，中国知识产权法律法规制定和修订可以在鼓励自主创新、优化创新环境背景下，形成既符合中国国情又与国际先进国家接轨，还能为发展中国家提供借鉴的知识产权保护“中国方案”。

中国旅美科技协会会长潘星华告诉调研组：“耶鲁大学在科研成果的转换方面有着很好的示范。我在美国的博士后导师、耶鲁大学的NIH卓越基因组中心主任魏斯曼院士，以他发明的技术成立了多家公司，其中有2家在华尔街上市，另外3家公司转让给别的大公司。耶鲁大学医学院遗传系的另一位美国科学院院士大卫·伍德，有临床上遗传检测用的染色体FISH技术等专利，学校凭借转让他的一个专利就赚了一亿美金。这点很值得我们思考和借鉴。”

行政执法和司法协调运作

调研组走访发现，在健全的知识产权保护制度规范下，不少国家形成了行政执法和司法协调运作的专利保护机制。

以英国为例，早在1852年，英国政府便颁布了《专利法修正法令》并设立英国专利局。1990年，英国专利局成为政府机构，并于2007年更名为英国知识产权局。英国知识产权局专门邀请政府、执法部门、企业等各方面代表组建反知识产权犯罪小组，用于协调各方能力、严厉打击涉知识产权犯罪。

提供法律咨询服务也是不少国家行政机构的重要职能。调研组在荷兰海牙采访时注意到，当地海牙商务局一项重要职能便是用于帮助企业，特别是外国企业了解投资荷兰时需特别注意的相关法律和知识产权保护资讯。

“如中国企业向荷兰出口产品，我们会建议企业找律所、专业机构查询这项产品在本地有没有注册相关专利，因为荷兰这边专利法非常全面，有时候连气味都能注册成为专利。目前经我们手的中资企业还没遇到相关法律起诉。”荷兰海牙商务局有关负责人傅晓瑞说，除了提供法律咨询和指引，该局有时还会资助部分相关费用。

在司法保护方面，各国也有不同的经验。如德国于 1962 年成立了德国联邦专利法院，受理针对德国专利与商标局决定提起的上诉案件，以及专利无效案件，但无权受理专利侵权案件；2013 年，欧洲《统一专利法院协议》得以签署，规定由相关签约国共同组建欧盟统一专利法院（UPC）；日本于 2005 年成立知识产权高等法院，负责受理当事人不服日本专利局的决定提起的一审行政案件，及当事人不服地区法院对知识产权民事案件一审判决的上诉案件。

广东的知识产权保护一直走在全国前列，广东省知识产权局、广州知识产权法院等在知识产权保护方面发挥了很大作用。2016 年广东省召开的创新驱动发展大会上，还专门讨论了《广东省实施创新驱动发展战略 2016 年工作要点》，提出在广州、深圳建设知识产权集聚中心；培育建设省知识产权快速维权平台，争取批准建设国家知识产权快速维权中心；成立海外知识产权维权平台等。

德国慕尼黑大学民法、知识产权法和竞争法教授安斯加尔·奥利：

专利制度要保护中小企业创新

南方日报：在全球化和中国大力推动“一带一路”倡议背景下，中国与很多国家和地区包括德国等，经贸、科技往来等越来越多，双方也时有一些涉知识产权方面的摩擦。您认为在国际经济合作中如何避免出现这类纠纷？遇到这样的纠纷，又该如何处理？

安斯加尔·奥利：随着中国经济逐渐转型，知识产权对中国来说也变得越来越重要。专利合作条约等一些国际知识产权文件的主要使用者都是中国公司。这种发展受到德国和其他欧盟国家的欢迎。因为越来越多的共识认为，知识产权必须受到尊重和执行。这一领域的贸易争端可以通过国际贸易组织提供的机制解决。

另一个问题是解决私人之间的跨国界争端。在这一领域，由国际私法或冲突法的规则决定具体适用哪国法律。这些规则在欧盟已经统一，也许将来会在国际层面统一。但目前普遍接受的规则似乎是适用被请求保护地法律。例如，如果中国的商标产品被抄袭，这一情况就适用中国的法律。这条规则在一般情况下运作良好，但在互联网上侵犯知识产权时会造成困难。

南方日报：专利诉讼的时间冗长，需要消耗大量的人力和财力，是否一定程度上阻碍了中小企业、个人的创新呢？

德国如何支持中小企业、个人进行维权？

安斯加尔·奥利： 专利制度必须根据中小企业的需求进行调整。一方面，从中小企业起步开始，专利体系允许中小企业保护他们的创新。但另一方面又存在这样一种风险——专利诉讼对中小企业来说太昂贵了。在德国这一问题相对于其他地方可能没有那么严重，因为德国的诉讼成本明显低于美国等国，诉讼费与律师费由法规来监管。因此，对未来欧盟统一专利法院（UPC）费用结构来说，很重要的一点就是要考虑到中小企业的需求。

南方日报： 中国当下的专利申请数量居世界第一，但专利转化率不是很高，德国在这方面情况如何？中国可以从中学习借鉴什么？

安斯加尔·奥利： 这很难给出一个笼统的答案。也许我们应该对行业的有效性和有用性进行区分。有统计数据显示，所有在法庭上受到质疑的德国专利中，最多有 75% 被宣布无效或修改。即使考虑到只有“专利性不太强”的专利才会受到质疑，这还是相当高的数字了，专利局为提升专利质量仍须努力。与此同时，专利检索工作也变得愈加困难，因为越来越多的现有技术被以记录专利审查员所不懂的语言所记录。各个专利局之间的协议与机器翻译的改进或是未来的出路。

南方日报： 您认为是否应该根据不同产业的实际情况，制定不同的专利保护标准？

安斯加尔·奥利： 根据国际法，专利必须适用于各个科技领域，国家不能因领域不同而给予歧视。但在这个框架内，有些具体的规则在某个行业内相较其他行业更为重要。例如，标准必要专利（standard–essential patents）的问题主要就出现在信息与通信技术（ICT）行业。

另一个问题是，知识产权保护的水平是否应反映一个国家的经济发展，国际法是否应允许工业化国家、发展中国家及欠发达国家间对知识产权保护存在差异。历史表明，许多国家需要有一个“追赶期”，在这个时期内，他们的产业在具备自己的创造力及创新力前都要经历复制其他国家产品的过程。19世纪的德国、20世纪的日本及韩国都是如此。然而，在这样一个全球化时代，这样的差异相较以往更加困难。虽然如今《与贸易有关的知识产权协议》（TRIPS协议）中制定了国际标准，但也允许有一些灵活变通。

贰

粤侨为桥通四海

在广东这个中国第一大侨乡，数千万海外侨胞与港澳同胞怀着对故国家园的深情热爱，书写与家乡人民共同奋斗的篇章，镶嵌在这改革开放40年不平凡的时光里。他们是中国及广东通向世界的“桥”，让广东连接世界，也让世界更了解广东。

40年春风化雨、春华秋实，中华民族正以崭新姿态屹立于世界的东方。在这个特别的时间节点，南方日报记者带着温润的亲情远赴美国、泰国、马来西亚、西班牙、巴拿马、多米尼加等国家与港澳地区，向乡亲们捎去家乡的问候，也带回他们作为“桥”的故事。

爱乡情浓　粤侨引领慈善风

海外侨胞与港澳同胞在广东捐赠金额占全国侨捐总数约七成

广东是全国最大的侨乡。祖籍广东的华侨华人和港澳同胞，占了全中国总数的 2/3 以上。1978 年，中国改革开放的号角吹响，海外关系在这强劲的春风中渐渐回暖。1979 年初，广东省向中央提出创办经济特区，就是基于广东“毗邻港澳、华侨众多”的独特省情优势。从此，在广东这个全国第一大侨乡，千万侨胞及港澳同胞与家乡的父老兄弟姐妹同心同德，为了实现强国梦而倾情投入，成为这 40 年变革的见证者、参与者与推动者。

习近平总书记指出，广大海外侨胞有着赤忱的爱国情怀、雄厚的经济实力、丰富的智力资源、广泛的商业人脉，是实现中国梦的重要力量。在 2018 年 12 月 18 日举行的庆祝改革开放 40 周年大会上，习近平总书记还指出，改革开放以来，海内外全体中华儿女的民族认同感、文化认同感大大增强，同心共筑中国梦的意志更加坚强。当天，党中央表彰一批改革开放杰出贡献人员，其中就包括港澳爱国人士霍英东、马万祺和曾宪梓等。他们均是为广东发展作出重大贡献的突出人物。

就此选题，南方日报派出采访团队赴美国、泰国、马来西亚、西班牙、巴拿马、多米尼加等国家和港澳地区采访，推出了“粤侨为桥通四海”系列报道，展现侨胞与港澳同胞为中国改革开放所作出的巨大贡献。

加拿大侨领霍宗杰先生，这位 87 岁的老人，行走在中国尤其广东的欠发达地区捐建学校和医院，带动慈善捐款达 2.4 亿元。他是千万个爱国爱乡、热心公益的侨胞和港澳同胞中的一位代表。

早在 1977 年 10 月，改革开放的总设计师邓小平就指出：海外关系“是个好东西”。这里所说的“海外关系”是指数千万海外侨胞和港澳同胞，他们释放出的能量是巨大的。

改革开放以来，侨胞和港澳同胞与广东省人民同心同德，共同为实现强国梦而奋斗。仅在广东省，侨胞和港澳同胞的捐赠金额就占全国侨捐总数的约七成。

政策春风温暖侨心

改革开放之前的一段时期，部分侨胞和港澳同胞的侨房、祠堂被没收，随着侨务政策的调整，逐步清除负面影响，海外乡亲寒了的心渐渐回暖，重新踏上故乡的土地。

中山小榄镇海外乡亲众多，但改革开放初期回乡的并不多。为此，该镇重启有 800 年历史的菊花盛会，以花为媒联络乡情，让海外乡亲对家乡的新气象眼见为实。1979 年 11 月，花香牵线，乡情归来，镇里一下子涌进了 15 万人。和家乡疏离了 30 多年的香港中山小榄同乡会，在锣鼓声中融入亲友的行列。自此，同乡会成为最好的“家乡宣传员”，带动捐建医院、学校，修建自来水工程等。

侨房是侨情畅通的重要渠门。广东省侨办原主任杨山说：

侨房的一草一木一砖一木，都维系着海外侨胞和港澳同胞对家乡的爱。当时，广东亟待清退的侨房数目巨大，要解决的话涉及各种复杂问题，还包括天文数字的安置费。然而，侨房一日不退，侨心一日难归。在党中央的关心和拨款支持下，广东省各地行动了起来。

位于广州的永安堂，是东南亚著名侨领胡文虎的物业。1992 年 7 月，广东省决定向其后人发还这座珠江边的大厦。胡文虎长女胡仙深受鼓舞，同年以香港星岛日报掌门人的身份率团访京，受到时任中共中央总书记江泽民的接见。感念于此，她后来放弃了可观的商业发展价值，将收回的永安堂捐赠给广州市政府，改建为少年儿童图书馆。

数据显示，广东省用于落实侨房政策的专款达 8 亿多元，清退处理的城乡侨房近 3000 万平方米，全面解决侨房历史遗留问题。这大大鼓舞了海外和港澳的广东人，带来了捐赠和投资剧增的效应。

“送炭翁”捐赠源源来

2018 年 7 月 10 日，99 岁的香港慈善家田家炳先生辞世。这位在中国内地捐赠学校最多的人，曾在接受南方日报记者采访时说：“我最喜当‘送炭翁’，对教育雪中送炭是人生最大的满足。”他卖掉自己居住的楼房和工厂大厦，在内地捐建众多学校、幼儿园、乡村学校图书室……

在广东，来自 100 多个国家和地区的侨胞和港澳同胞，捐建公益及交通项目超过 4.5 万宗。其中，兴建扩建的学校占全省总数的半数以上，不仅改善了广东省的教育条件，也营造了尊重教育的社会氛围。特别是在改革开放初期，在广东教育、医疗、文化、交通等设施落后的情况下，这些捐助就是雪中送炭。霍英东、李嘉诚、黄球、曾宪梓、方润华、霍宗杰……都是这样的“送炭翁”。

这些善长仁翁既有亿万富翁、白领阶层，也不乏工薪一族：澳门的汤福荣老人身居60平方米的陋室，却为广东等地上百个公益项目捐款。致力于资助教育的日本侨胞吴桂显先生，当捐款遇到经济困难时，竟变卖了自家房产。他总共捐出5000多万港元，支持家乡中山的中小学校，以及中山大学、暨南大学和省内外“希望小学”。吴桂显的妻子说：“他知道我不会反对，将卖楼的钱全捐出去了，一分钱也不留。”

引领崇德重教新风气

凝聚侨心的项目为广东大地带来了新的风尚，慈善文化不断发展，崇德重教的良好社会风气不断形成。侨胞和港澳同胞乃至全省人民，大家同心同德，造福家乡，支持家乡发展，增强了海内外乡亲的凝聚力。

位于侨乡江门的五邑大学，是20世纪80年代由吕志和、利国伟、黄球等侨胞和港澳同胞共同倡议，由数以千计的善长仁翁捐资2.3亿港币捐建的，是当时广东省参与捐建人数最多的教育项目。

汕头大学由李嘉诚基金会捐资超过66亿港币，成为中国内地唯一一所由私人基金会资助的公立大学。2017年6月，90岁高龄的李嘉诚先生参加汕头大学毕业礼，将校董会名誉主席一职交棒给其子。他在接受南方日报记者采访时说：“我持之以恒地捐建汕大，坚信‘知识改变命运’，想有助于中国的年轻一代发展。”

许多捐赠捐助意义远超项目本身。霍英东先生捐建的洛溪大桥，带旺了广州南部区域，带动了广东交通网络大发展；澳大利亚黄肇强医生带领华裔医疗队，自携设备、药品和人工晶体，为无数贫困白内障病人扫除脱贫的最大障碍；香港退休社工徐祥龄，到东莞创办广东省第一家外来工服务中心，募捐资助1300多名农民工子女重返课堂，还筹办6间新莞人子女文化补习学校；马来西亚退休教师廖乐年，十多年四处筹措资金，并且自己到梅州大埔义务教学英语，为山区孩子拓宽了人生路，也感召了粤港志愿者参与支教……

改革开放40年，广东经济社会飞速发展，人民群众的生活越来越好，这得益于广东省“侨”之所长，“侨”通四海。侨胞和港澳同胞的家国情怀及其带来的慈善效应在广东大地上熠熠生辉。

专访

殊途同归爱国路

2018年10月19日，广东潮州市陈伟南文化馆举行项目动工仪式。99岁高龄的香港实业家陈伟南携家人出席了动工仪式。这是他数十年来捐建的无数公益项目之一。

陈伟南和陈幼南这对父子，一个致力于家乡公益项目的捐资，一个奔走于推动广东省尤其是粤东科教事业发展。他们做着不同的事，相似的是，他们都在为提升中华文化和潮文化的国际影响力、加快经济社会发展作贡献。南方日报记者在香港专访了这对父子，听他们讲述殊途同归的爱国心路。

陈伟南：国家要强　教育先强

陈伟南 1919 年出生于广东省潮安县，经历了国家内忧外患及日军侵略的战乱，连他家的祖屋也被日军占据。1937 年，时年 18 岁的陈伟南赴港谋生，艰苦打拼出坚实的企业基础。但他始终有着强烈的家国情怀：国家不强，人民难言幸福和尊严。

阔别家乡几十年之后，1984 年，陈伟南应邀返回潮汕大地。他为改革开放的新风气而欣慰，但也因家乡教育状况而心痛。被日本军队炸到支离破碎的旧祠堂，仍作为小学教室，光照很差，连风扇都没有。他认为这是反哺桑梓的时候了，于是在当地捐建了一所占地 12 亩的现代化小学，后来又投入 6000 多万元捐建了占地 130 亩的宝山中学，现有学生 4000 人。

从此，陈伟南无私襄助之路越走越远，从潮汕家乡扩展到广东和全中国许多地方。他从事慈善捐赠，给自己定出“三不”原则：不等提出，主动捐赠；不图留名，重办实事；不提要求，无私奉献。

这位可敬的老人说：“可以力所能及地贡献社会，就是我人生的福分，也是最大的价值。”陈伟南迄今捐资款额超 1.5 亿元，其中有八成是投入在教育。因为他坚信：国家要强，则教育先强。

祖国如今日渐强盛，在世界上地位举足轻重，陈伟南非常欣慰。他时常勉励年轻人："对于在世界各地拼搏的华人而言，国家的强大是大家发展的强力后盾。因此，大家理当为国家，尤其是为粤港澳地区的发展贡献智慧和力量。"

他曾任潮汕三市政协香港委员联谊会创会会长、广州外商投资商会创会会长，创立香港潮属社团总会。2000 年，陈伟南获得香港特区政府颁发的铜紫荆星章，这些都是对这位慈善家的高度评价。

陈幼南：搭建侨港澳学子创新平台

陈幼南是美加留学的化学工程洋博士。在父亲的感召下，他回到香港发展，也投入助推国家和家乡建设的行列。虽然与父亲是同样的情怀，他更重视团结年轻一代的侨胞和港澳乡亲，成为中国科技创新发展的一股力量。

1998 年，陈幼南创办国际潮青联谊年会，以广泛团结世界杰出潮青。2012 年，他接任香港潮属社团总会主席，成为香港最大潮团组织的掌门人。该会至 2018 年底已有 41 个团体会员，会员人数达 15 万名以上。2018 年，陈幼南获香港政府颁发的银紫荆星章。他发动总会举办"潮州节""盂兰胜会"等活动，让青年一代加深对家乡文化的感性认识，深受欢迎。

陈幼南在 2013 年创立"国际潮籍博士联合会"（以下简称"潮博会"），5 年间汇聚海内外逾 2000 名博士学历以上的专家学者。这不仅是专业界潮人联络乡情的网络，更是促进广东发展的智囊团。他们连续 4 年举办了博士论坛，聚焦食品药品、互联网、新经济、智慧未来等主题，邀请世界顶级学术大家来演讲参与。

与父亲一样关注教育事业发展的陈幼南说："根据广东省对于粤东地区发展的战略布局，这里需要更多的高端人才。因此，潮博会从两年前就开始倡议创办潮汕大学，得到海内外潮籍人士及家乡领导的积极响应。"

陈幼南积极奔走内地及海外大学，联络专家学者以及企业家，已筹集到1000万元作为启动经费。他告诉记者，将先兴办与产业发展对口的高等研究院，在新材料与工程科学、生物工程与生命科学、智能工程与控制科学、环境工程与地球科学4个方向开展研究。

从投资先锋到“出海”向导

海外侨胞和港澳同胞积极为广东经济发展和企业走出去“铺路架桥”

2018 年 12 月 18 日，庆祝改革开放 40 周年大会宣读了获得改革先锋称号人员名单。其中，率先到广东省投资的港澳企业家霍英东、马万祺、曾宪梓等入选。

改革开放 40 年来，无数像他们这样的港澳同胞和海外侨胞，大力支持、积极参与广东乃至全国的改革开放事业，带来充裕的资金、先进的技术、现代的理念、广泛的关系，使广东得以迅速了解世界、走向世界、融入世界，率先与国际市场经济和现代科技接轨。

率先投资中国的“领头羊”

毗邻港澳、华侨众多，是广东改革开放的独特优势。广东省委原书记、广东省经济特区管理委员会主任吴南生就曾回忆，在汕头搞经济试验区，理由之一是潮汕地区海外华侨华人最多，“可以动员他们回来投资”。

改革开放以后，海外侨胞和港澳同胞成为带动投资的关键力量：东莞虎门镇太平手袋厂、顺德容奇镇大进制衣厂……广东省各地涌现大量“三来一补”（来料加工、来料装配、来样加工和补偿贸易）企业，基本上都是由侨胞和港澳同胞投资创办。马来西亚华商古润金在中山投资设立的完美集团，从生产健康食品、小型厨具、化妆品、起步，如今已成长为集研发、生产、销售和服务于一体的现代化企业，是中国明星侨企。

积极回国投资的海外侨胞和港澳同胞，成了一座座“桥”，一扇扇“窗”。

“在改革开放初期，不了解中国的外商在犹豫观望，而侨胞和港澳同胞满怀爱国热情，以‘领头羊’的姿态率先回国投资，对外资起到了极强的示范带动作用。”侨乡江门五邑大学广东侨乡文化研究中心教授张国雄说。

侨商的成功，让外国人打消疑虑，看到了中国的机遇。很快，松下、可口可乐等外资巨头便开始积极谋划投资中国的战略蓝图。

带来先进理念的“白天鹅”

侨资的注入不仅为改革开放初期的广东“充电”，同时带来了先进的管理模式和思想观念，打破了封闭经济、计划经济的桎梏，为广东培养了一批达到国际水平的管理人员和专业人员，成为广东开风气之先、最早与国际接轨的推动力量。

珠江江畔飞出的“白天鹅”，便是最好的例证。香港企业家和社会活动家霍英东投资兴建的广州白天鹅宾馆，直接影响和带动了广州酒店服务业的改革。

1978 年，国家决定引进侨资与外资在四大口岸城市兴建 8 个大的涉外宾馆，广州是候选城市之一。霍英东立即做出反应，确定在广州合作建设五星级酒店。白天鹅宾馆是内地首批中外合作酒店，霍英东提出自己设计、自己施工、自己管理的“三自”方针，让本地设计人员、酒店管理人员在建设过程中学习外面的先进经验。

当白天鹅宾馆向所有市民敞开大门，这项服务业的突破和变革令人耳目一新。中山大学教授何博传为霍英东文集《我的参与》作序时写道：“率先筹建高级涉外宾馆，挑动解除价格束缚之战，以路通财通思想在南国水乡开放前沿带头引入市场机制推动交通网络建成，是三件对改革开放实际进程至关重要的大事。”其中的前两件都是由白天鹅宾馆撬动的。

许多行业和领域都有外来投资带来的新观念“白天鹅”：谢国民倡导的“公司加农户”的经营模式，对广东乃至全国产生重大影响；广州市交通局与香港羊城的士服务有限公司合作成立白云小汽车出租公司，使“招手即停”的出租车经营模式风靡广州，并逐渐走向全国……

进入21世纪，特别是近年来，科技型侨资企业大幅增加，海外侨胞、港澳同胞的投资逐渐向新能源、新材料、生物技术、电子科技等新兴产业扩展，搅动着企业科技化转型的浪潮，对促进广东经济高质量发展起到积极作用。

粤企走向全球的桥梁纽带

除了积极投资祖（籍）国，海外侨胞、港澳同胞还发挥海外商业网络优势，助推“广东制造”走向全球。广东外贸进出口总额占全国的比重长期稳定在1/4左右，他们功不可没。

珠海格力电器的海外拓展，便与“侨”密不可分。

据《华侨华人与广东发展——广东省侨务理论研究论文

集（2012—2013）》记载，2000 年以前，由于对海外市场的了解微乎其微，格力电器海外拓展增长缓慢。2000 年，格力电器与港籍商人 Wong Suk Han 投资设立公司签订协议，以总代理方式授权其代理格力电器海外销售。与此同时，格力电器（巴西）有限公司正式投产，巴西籍华商王必成成为格力电器在当地的经销商。

借助港澳同胞、海外侨胞在国际化、人才、信息、客户等方面的优势，格力电器海外市场得到快速扩展，出口收入从 2000 年的 5.28 亿元快速增加到 2004 年的 22.45 亿元。到 2012 年，境外销售金额已达到 157.9 亿元，成为广东出口创汇的“急先锋”。

进入新时期，在“一带一路”建设的东风下，越来越多的中国企业走出国门。散布世界各地的侨商，成为助力他们“出海”的“桥梁”。

2018 年 11 月，得益于泰国中华总商会泰中商务中心的“牵线搭桥”，国内一家知名商业银行在曼谷进行推广，吸引了当地多家知名企业代表参加。

“向中国企业家传递可靠、及时、实用的泰国经济投资信息，为中国企业家投资泰国拓宽道路、疏通渠道。”泰国中华总商会主席陈振治如是向记者介绍创立泰中商务中心的初衷。

在西班牙，2016 年 8 月，汕头籍商人陈雁升作为老板的星辉互动娱乐宣布完成对西甲皇家西班牙人足球俱乐部的增资，控制该俱乐部超过 99% 的股份。星辉互娱收购西班牙人俱乐部的过程，离不开当地华人的参与及协作。作为该收购案的法律顾问，巴塞罗那新生代华人叶茂凭借其对当地法律制度的熟悉全程参与，帮助收购顺利完成。如今，叶茂已经加入俱乐部，成为董事会成员和商务总监，继续为球队的发展以及与在中国的拓展出谋划策。

类似的案例还有很多：马来西亚东莞商会以互联网为纽带，成立“助东莞品牌走向世界”商务推广资讯网站平台，并且向中东、非洲伊斯兰国家推广；南非华人吴少康利用其在约翰内斯堡的基地设立的“广东中南跨境商贸服务中心”，已有一批希望开拓南非市场的中山企业进驻；阿联酋广东商会会长张钦伟，则带领众多华商打开迪拜市场……

对话

“中国 0001 号外商”、泰国知名侨商谢国民：

一颗感恩故土的心是投资中国的全部源泉

作为“中国 0001 号外商”，泰国知名侨商谢国民投资中国的历史几乎与改革开放同时起步。经过 40 年的发展，正大集团在中国已做得越来越大，在中国各省份合共拥有 300 多家公司，员工接近 8 万人。

1979 年，中国颁布了第一部利用外资的法律。那一年，正大集团投资 1500 万美元，拿到了深圳市 0001 号外资投资企业批准证书，成为改革开放后第一批在华投资的外商集团。“这也是我‘中国梦’的起点。”在接受南方日报记者采访时，谢国民回忆道。

南方日报：改革开放之初，您便积极进入中国投资，是“中国 0001 号外商”，是什么促使您做出这一决定？

谢国民：我出生在泰国，祖籍是广东澄海，饮水思源，对中国有一种特殊的感情。一颗感恩故土的心是投资中国的全部源泉，我当初就是单纯怀着回报桑梓的想法才决定勇往直前的。

投资深圳也是我“中国梦”的起点。1979年的深圳还是个边陲县城，在我看来却有很多机会。我在深圳提出“一个人养一万只鸡”的想法，这对当时的农民来说根本不敢想。通过分工，我们让农民去做自己擅长的事——养鸡，在饲料、配送、销售等其他的环节，由正大集团提供一条龙服务。农民富起来了，就有购买力了，就能带动整个经济发展，利国利民利企业，这就是正大集团的商业逻辑。

南方日报：在故乡潮汕地区，您是如何践行“回报桑梓”的？

谢国民：正大集团是汕头创办经济特区之初最早的外商，在特区还是一片荒地时就率先办起正大康地饲料厂。1997年，正大集团旗下的正大万客隆首登潮汕各地，如今已发展到100多个大型超市，潮汕地区就有卖场15家，还有大型现代物流配送中心。

同时我也捐资兴建澄海华侨医院、华侨中学、华侨小学、蓬中华侨学校、谢易初中学、正大体育馆等，赞助潮汕星河奖基金，设立奖教奖学基金等，希望家乡的人才发展保持良好的势头。

南方日报：您如何看待粤港澳大湾区的发展？准备如何参与其中？

谢国民：正大集团已在广东扎根几十年，准备继续扩大在广东的投资。我们非常看好广东出台的“积极利用外资”

等一系列政策措施，这些政策从市场准入、财政奖励、用地指标和人才服务等方面打造法治化、国际化、便利化的营商环境，进而提高外资质量和水平，形成对外开放新格局。

同时我也非常看好粤港澳大湾区的未来发展，粤港澳大湾区是国家建设世界级城市群和参与全球竞争的重要空间载体，将为广东和香港带来重大的经济效益，必将推动这个区域成为更好的金融中心。我们对粤港澳大湾区给企业带来的投资机会非常感兴趣，也希望利用香港优势，深化联系，共同探索区域经贸合作新机遇。

侨智在科创大潮中闪光

以开阔的眼界和广阔的“朋友圈”，汇聚广东创新发展新动力

2018年12月22日，著名数学理论卡拉比－丘理论发展四十年国际盛会在梅州蕉岭召开，百余位国际一流数学家齐聚一堂。这是美籍华人数学家丘成桐推动中国及他的家乡学术传播和人才培养所建立的众多平台之一。

老一辈的海外侨胞是从小餐馆小商铺做起的，而海外侨胞和港澳同胞的新生代则较多拥有高学历，不少供职于高科技产业。自改革开放以来，许多走出国门寻求发展者也有着较高的素质，这让侨胞和港澳同胞以及海归人才中蕴藏着丰富的科技创新实力。

2018年5月28日，习近平总书记在中国科学院第十九次院士大会、中国工程院第十四次院士大会上发表重要讲话，指出科学技术是世界性的、时代性的，发展科学技术必须具有全球视野。广东大力实施科技强省战略，区域创新综合能力从去年起跃居全国第一。在这个进程中，侨胞和港澳同胞以及海归人才为广东的发展提供了智力支持，广东也为他们大显身手提供了舞台。

高端人才来粤助阵

创新发展中离不开高端人才，国内外的粤籍科学家人数众多。在科创大潮中，广东院士联合会在 2015 年应运而生。40 多位海外及港澳的院士成员，成为广东科技创新的顶尖顾问、领头人和参与者，不少科研成果在广东省得以转化。

如获多个国家院士称号的丘成桐，多次回到家乡广东，传授他的数学理论、科研态度以及创新之道，并创立了多个奖学金；曾任香港浸会大学校长的陈新滋院士，现任中山大学学术委员会主任，正在广东省开展低副作用、高抗肿瘤活性的中药化合物研究；曾在欧美和香港从事计算数学研究的汤涛院士，被聘为南方科技大学副校长，在进行高深科研的同时，还经常到广东省中小学进行科普教育；神经学学家苏国辉院士，自 2013 年起为暨南大学粤港澳中枢神经再生研究院院长，研究中枢神经系统保护和再生……

自广东启动高水平大学、高水平理工科大学建设以来，新的人才机制带动师资结构的优化升级，引来许多青年海外人才助力。如华南理工大学 2600 余名专职教师中，42.73% 具有海外留学经历，这一比例还在逐年上升；近几年来，汕头大学具有海外学习工作经历的教师比例也高达 47%。他们带来的新知识、新观念和新技术，对提升广东省的育才水平起到积极作用。

海归壮大广东双创潮

刘自鸿等 4 位海归博士创办的柔宇科技，不久前向全球发售首款可折叠柔性屏手机；诞生于香港科技大学的逸动集团，在东莞成为国内首家自主研发电动船外机的公司；毕业于新加坡、中国香港、北美著名大学的黄源浩，所创办的深圳奥比中光科技有限公司，成为全球领先的 AI 3D 传感技术方案提供商……

40年前，中国在改革开放之后派出第一批公派留美学生。如今，出国留学人员队伍日益庞大，其中不少在国外学习工作多年，国家的快速发展对他们产生了“人才磁铁”效应。

近 10 年，海归的结构发生显著变化，从以回国找工作为主到自己创业日益增多。据权威调研公司披露，2015 年以来的海归人员，76% 选择创业，广州、深圳成为海归回国创业的热门目的地。官方统计数据也与之呼应：2013 年来，广州留学人员回国人数以每年 30% 的比例递增，截至 2018 年累计留学归来不少于 8 万人，在穗创办企业 2000 多家。

尤其是随着粤港澳大湾区的建设提速，各地吸引创新创业的政策不断优化。除深圳、广州等一线城市外，佛山、江门、中山等地以相对低的生活、经营成本，吸引着不少海归创业者。

“除了爱国之心、家乡情结，中国持续向好的政策、相对稳定的产业和潜在的市场机会等因素，都让留学人员对‘归’字魂牵梦绕。”国务院参事、欧美同学会副会长王辉耀指出，留学归国人员带回先进的生产技术、商业模式、管理经验，使中国的“硅谷”正在珠三角高速崛起。

江门市海归会发布的数据显示，该协会 200 多名会员中有 36.8% 选择自主创业。伦敦大学管理学博士叶其昌便选择到江门发展，以其国际视野和基金管理经验，促进成立第一个以“侨”为主的华侨华人创业创新发展基金。

“通过最新的技术让线路板的体积变得更小、处理速度变得更快、性能变得更好，应用范围也变得更广。”江门盈骅光电科技有限公司执行董事兼营运总裁施坚宁，从国外回到江门创业 7 年，专注于新型光电产品的开发。“此前，这项技术大多掌握在国外企业的手中。现在，我们有了自主创新的产品，企业发展就更有底气了。”

汕头市正在建设华侨经济文化合作试验区，得到许多侨商与港澳企业家的响应。包括汕头宜华集团、金刚玻璃科技有限公司、奥飞动漫文化股份有限公司等一批规模大、档次高的侨资企业，已成为推动粤东经济发展新的增长点。

“2016 年东莞市政府的 1 号文件，就是批准建设我们的广东（东莞）材料基因高等理工研究院！”在英国学习、工作了 17 年的科学家张书彦，感受到“广东人才磁力”之强，2017 年举家回归，组建了一个利用中科院散裂中子源的设备，开展世界领先水平新材料的研发。

南方日报调研组曾在美国硅谷、挪威奥斯陆、英国剑桥、日本东京、以色列特拉维夫采访，看到高学历的侨胞及海归以开阔的眼界和广阔的“朋友圈”，汇聚广东创新发展的新动力。

专访

无问西东报国路

——访中国工程院院士李焯芬

广东院士联合会中，有丘成桐、李行伟、陈新滋、苏国辉和陈清泉等 40 多位境外院士。他们以高超的学术水平和前沿的技术成果，为广东及中国的发展作贡献。他们中，有一位兼具中国工程院院士、香港工程科学院院士和加拿大工程院院士的身份，他就是李焯芬。

南方日报记者专访李焯芬时，看着对面这位温文尔雅的老绅士，很难想象他常年在祖国的崇山峻岭艰难跋涉，参与一座座电站、水坝和大桥的技术工作。

一声召唤令他梦想成真

李焯芬祖籍是广东中山小榄镇，在香港的洋书院成长，又在加拿大获得博士学位，曾在当地的大学任教，还曾任安大略省水电局及省电力公司的总工和工程部门总经理。

1980 年，时任中国水利部部长的钱正英访问加拿大，向陪同的李焯芬介绍改革开放的中国正急需工程人才，希望他回来参与建设。明知没有报酬，条件艰苦，但想到儿时报国梦想的大门终于敞开，李焯芬便一头“扎进”了中国的大江大河，为辽河、黄河、长江到珠江的工程建设贡献才智。

他回忆说，当时中国的交通不便，而那些尚在勘探之中的工程地点就更是如此。为了三峡大坝的技术工作，他要在来回的路上折腾几天。除了越洋飞机、国内航线、长途汽车，甚至还要骑马、徒步。

他参与三峡工程建设长达 16 年，将这些路线走得烂熟于心。最忙碌时，他每星期都到工程现场解决问题。他笑着算算，自己参与建设的长江大桥，从上游到中游一路就有好多座。

人生道路越走越宽

大洋两岸，一边是中国险峻的山和湍急的河，一边是加拿大舒适的办公室。

有一次，李焯芬花了 40 个小时才到工地，一完成工作就匆匆回加拿大上班。他猛然觉得，这种“撕裂”的生活难以为继。他决定放下加拿大的工作和生活，回到香港大学工作，以便于往返中国内地。

这意味着，他的家庭生活将会发生很大的变化，家人会理解吗？他回答说：“祖国的山水需要我们去工作，我放弃加拿大的一切毫不犹豫。我的太太李美贤不仅支持我，有时还和我一起走南闯北。她采集中国民族文化的瑰宝，在香港的博物馆和学校办过展览。”

无问西东，不计苦乐。他亲眼见证了祖国人民生活的改善，也为自己能出一份力而欣慰。

此外，他曾担任香港福慧慈善基金会会长，推进中国贫困地区的助学工程，捐建中小学和医院达 360 所，并且每年资助贫困大学生约 2000 人。

他任香港大学副校长期间，为了不耽误工作，有时早上 7 时就到校处理校务工作。他笑着说：“在我的家乡广东，我参与了大亚湾核电站的安全论证，还有港珠澳大桥的技术评估。”

2018 年，李焯芬已经 73 岁，行政职务早已卸去，技术却仍有用武之地。他是中国“一带一路”倡议的专家组成员，也积极参与粤港澳大湾区的科技创新规划咨询等工作。他和记者谈话时，对全世界大湾区和珠三角地区的科创情况如数家珍。

近年来，他参与了许多“一带一路”沿线国家和地区基建项目的技术评估，还多次赴刚果和巴基斯坦实地勘察。在接受记者采访的几天后，他还在广州作了一场学术报告。

“我关注到广东特别是深圳在创新方面重视人才培养，建立了大学、院士专家工作站等，这是创新持续发展、深入发展的必由之路。”李焯芬说，他还向香港特区政府建议，加强香港院士联盟与珠三角的孵化机制。香港有人才、项目和技术，却受限于产业链不完整，成果必须到广东进行产业化落地。

多年来，这位心怀家国、博学多才的科学家，还兼任香港中华文化促进中心理事会主席、香港大学饶宗颐学术馆馆长，致力传承中国的文化传统。

海外赤子展拳拳爱国心

成立 220 多个统促会及相关团体，旗帜鲜明反“独”促统

2018 年 12 月 18 日，庆祝改革开放 40 周年大会在北京人民大会堂隆重举行。参加大会的美东华人社团联合总会主席梁冠军心潮澎湃。他说：“40 年来中国国力增强，国际地位提升。相信中国的明天会更加美好，中国实现国家完全统一的那一天会早日到来。”

中国改革开放 40 年，在祖国统一大业感召下，海外华侨自发成立了许多以促进中国完全统一为宗旨的社团组织，特别是进入 21 世纪后如雨后春笋般涌现，而今共有 220 多个统促会（和平统一促进会）及相关团体，遍布五大洲 100 多个国家和地区。

2018 年 6 月，2018 年全球华侨华人促进中国和平统一大会在巴拿马举行，来自五湖四海的统促会负责人沟通交流，凝聚实现中国统一和民族复兴的共识。

谈爱国：不遗余力促统一

在巴拿马举行的全球华侨华人促进中国和平统一大会，主题为“捍卫一个中国原则，反对‘台独’分裂行径，致力中华民族伟大复兴”。

在梁冠军看来，这是顺应历史大势，契合时代要求，彰显了新时代全球华侨华人反“独”促统、筑梦复兴的强烈愿望和坚定意志，必将广泛凝聚起全体中华儿女共同推进中国和平统一和中华民族伟大复兴的强大力量。

投身华人社区活动近 30 年，反“独”促统是梁冠军的一贯坚持，也成为美东华人社团联合总会旗下 200 多个侨团的行动自觉。

在美东华人联合总会，位于纽约唐人街的一栋地标性建筑物中，梁冠军接受了南方日报记者专访。他感慨，从 1988 年总会仅有 18 个侨团，发展至今天的 216 个侨团，这一美东地区凝聚力最大的华人社团已成为当地开展反“独”促统工作的中坚力量。

说起美东华人联合总会会址，也颇有一段故事。100 多年前，孙中山先生在这里创立了纽约兴中会。2011 年，梁冠军出资租赁这一物业并修葺一新，爱国的“基因”已在此传承了百余年。

梁冠军深知，开展反“独”促统工作需要凝聚人心。早在 1999 年他被推举为美东华人社团联合总会主席时，他仅象征性地收取 1 美元会费。这一体恤的举动，对凝心聚力大有助益。

全球的侨胞与港澳同胞以实际行动支持着祖（籍）国的正义事业。2008 年北京奥运圣火在全球传递，他们组织起来守护圣火；他们密切关注海峡两岸发展，热心推动和平统一；他们自发举行大型爱国和平游行，维护祖（籍）国团结统一……

作为梁冠军的搭档，纽约崇正会的负责人朱天长、刘满认为，侨胞在海外有力宣传了中国政府和平统一的方针和政策，使“一个中国原则”在国际社会得到越来越多的认同和支持。反“独”促统的运动在国际社会产生了积极影响，成为遏制“台独”分裂势力的一支重要力量，在推进中国和平统一进程中发挥着不可替代的作用。

至今，纽约的侨领们还常常回味起 2018 年夏天，全国政协副主席、致公党中央主席、中国和平统一促进会副会长万钢在全球华侨华人促进中国和平统一大会上所说的话：只要海内外中华儿女携手同行，共同致力于推动两岸关系和平发展，祖国完全统一和中华民族伟大复兴一定能够早日实现。

守传承：百年侨团流动新鲜血液

会馆和社团可谓华侨在海外生存的支柱，海外反“独”促统事业多由会馆、侨团牵头推动。

然而改革开放 40 年来，全球侨社均在不断发生变化。百年“老树”能否发出“新芽”，新晋侨团又能否打开局面？祖籍江门鹤山的吕坚强曾是纽约崇正会主席，如今已成为该会的“元老”。他介绍说，已有 107 年历史的纽约崇正会拥有上万会员，当中既融入了老一辈侨胞及其新生代后裔，也有改革开放以来的新侨民，人员构成与过去大不相同，但家国情怀还是世代传承的。

秘鲁也有着许多历史悠久的粤籍华人侨团，另外还有个“侨中央”——132 年历史的通惠总局。在它的号召下，无论是支持中国和平统一大业，还是参与当地的公益活动，数以万计的新老侨胞都同心同德。

南方日报记者了解到，在新加坡、马来西亚和泰国，传统侨社都建立了青年团，让年轻一代更深入了解祖（籍）国，为中国的发展助力；另一方面，在经济全球化、文化多元化的背景下，新诞生的社团具有更强的融入当地社会意识。在英国，来自广东的华人女律师李贞驹发起了“英国华人参政计划”，积极协助青年华人参与选举，深受新生代的欢迎；在美国硅谷的一些新侨团中，不少人是各行各业的专业人士，在当地拥有较大的社会影响力；新加坡各会馆利用宗乡总会的交流平台，构建了与政府的双向沟通渠道，使得华侨华人的诉求得以表达，会馆也因此生机勃发……

随着中国的经济发展以及与世界往来愈发频繁，许多广东侨团还呈现出国际化的趋势。例如在新加坡，据不完全统计，近 20 年来海外华侨华人社团召开了近百次世界性的联谊会。

暨南大学华侨华人研究专家高伟浓教授介绍，为赶上潮流，不少会馆引入了现代企业的管理理念和模式，使管理实现科学化、制度化，实现了新发展。

“无论是老会馆还是新侨团的成员，大家都是坚守同样的初心——对祖（籍）国的情感。”吕坚强说。他翻开了纽约崇正会 100 周年纪念会刊，上面有这么一句话：“每当看到崇正会大楼迎风招展的五星红旗，每当看到‘十一’国庆巡游那锣鼓喧天、醒狮舞龙翩翩起舞之际，我们都热切期盼着祖（籍）国早日和平统一，中华民族早日实现伟大复兴。”

声音

大洋洲中国和平统一促进联盟副主席田飞：目前，全球华侨华人反“独”促统浪潮波澜壮阔。全球华侨华人促进中国和平统一大会是海外侨胞维护世界和平、促进中国和平统一的发动机、助推器。捍卫国家主权领土完整是大势所趋、人心所向。

欧洲中国和平统一促进会副主席曹燕灵：两岸关系的波动会给企业经营、民众生活的方方面面带来一些影响。在反“独”促统方面，华侨华人的作用体现在舆论影响方面，华侨华人的声音也是一种影响、宣传、呼声。

意大利宋庆龄基金会主席金慧：华侨华人身居海外，但他们的心是中国心，在促进中国和平统一的进程中可以发挥应有的作用，如可以利用语言和人脉优势，在海外发出华侨华人的声音。

从不遗余力弘扬中华文化到牵线搭桥推动民间外交

侨胞助力做大中国“朋友圈”

2018年11月底，巴拿马华商总会会长黄伟文在北京召开新闻发布会。他们筹划的中美洲巴拿马2019年中国春晚活动，不仅有中巴著名歌手的联袂演出，还有1000只来自他家乡的特产——清远鸡将亮相年宴，让当地政要、侨胞大饱眼福和口福。无数像黄伟文这样的侨胞，成为中巴友谊的桥梁。这已是巴拿马连续12年隆重庆祝中国农历新年。2017年，中巴两国建交。

国之交，在于民相亲。以“侨”为“桥”，通四海，通民心。改革开放40年来，侨胞促进中西方交流、弘扬中华文化、提升中国软实力，成为中国连接世界的“桥”。广东迄今与63个国家建立了193对地方友好关系，其中很大一部分是由当地侨胞牵线搭桥促成的。

侨当“红娘”促建交

2018年5月，多米尼加与中国建交，将国人的目光吸引到遥远的中美洲及加勒比地区。在这背后，祖籍广东恩平的吴玫瑰女士功不可没。

在多米尼加首都圣多明各一家中餐馆内，身着红衣的吴玫瑰一进门就得到侨领卢永峰、张国华等人的热情问候：“好久没见了！您一切都好吗？”“很好！刚从家乡回来……”他们互相拥抱致意。

生长在这里的她，在华人和当地人中都颇有知名度。该国华人华侨仅两万人，其中相当一部分来自广东恩平。吴玫瑰的父亲 14 岁便漂洋过海来谋生，临终前向女儿吐露未圆返乡梦的遗憾。2005 年，吴玫瑰第一次回到家乡，带回祖屋旁的一抔泥土长伴着父亲。她还推动讲恩平话、普通话、西班牙语的侨胞达成共识，在多米尼加首都筹建中国城。

故土乡愁，根植心中。这些年，这位华裔社会活动家从未停止做一件事——推动中国与多米尼加建交。她曾任该国矿业部副部长、技术部副部长、总统顾问。她最自豪的是曾任多米尼加驻中国贸易发展办事处首任代表，多次陪同中国驻多米尼加贸发处代表傅新蓉与多米尼加总统会面。

2018 年 5 月 1 日，她终于等到了那一天——中华人民共和国和多米尼加共和国建交。

无独有偶，2017 年夏天，中国与巴拿马正式建交，巴拿马总统顾问、江门台山籍华侨陈国基同样担任穿梭使者，不遗余力推动两国关系开启新纪元。在巴中两国外长签署备忘录的那一刻，看着两国国旗一同升起，他十分激动。巴拿马华侨华人中国和平统一促进会会长麦杞佳说，巴拿马国会之前就通过决议，将每年 3 月 30 日定为“华人日”，以表彰华人对该国所作的贡献。侨社举行盛大的纪念活动，醒狮助兴，令当地人民感受来自华人的文化和情谊。

相知无远近，万里尚为邻。粤侨为桥，中国的“朋友圈”越来越大。许多海外侨领是友城合作的先行者，在广东对外开放与交流合作中发挥着桥梁和纽带作用。如，祖籍广州的新西兰侨领陈霭筠，为奥克兰市与广州市结为友好城市出力甚多。截至 2018 年 11 月底，广东省缔结的国际友城关系共有 193 对，从省到市再到县，覆盖 63 个国家，友城总数位列全国第二。

让世界流通“中国味”

中国改革开放以来，侨胞们更加自信地弘扬中华文化，表达中国人的美德和情谊，彰显中国发展的成就。在全球有中国城、唐人街的地方，既有被人们亲切地称为“dim-sum”的广东点心，也有 Made in China（中国制造）的电子产品。

这样动人的场景还有很多：多米尼加中国城广场竖起的中国名人雕像，还有牌坊、石狮、汉字、财神，成为当地人了解中国的一扇窗；古巴哈瓦那中国城里，古巴人穿着写着汉字的 T 恤，随着师傅练中国功夫；挪威潮汕商会会长赵文生创办文宝轩艺术馆，展出中国古玩、陶瓷和书画，让人们感受中国历史和文化的博大精深；由泰国潮汕籍华侨组织的报德善堂，开设了华侨中医院，22 年服务千百万城乡群众；在加拿大华人较多的卑诗省，每年 8 月 3 日—10 日是“加国华人传统日”，用以表扬华裔对该省的贡献。还有五大洲无数的华文学校，华裔及各族群的孩子书写和朗读着中文……

研究中国移民历史的美国学者孔飞力说：“海外华人的重要价值，不仅仅在于无边无际经济上的投资者，而且更重要的是信息的传递者，是沟通中国与世界上其他国家和地区的文化使者。”

巴拿马运河边　6000 人“遇见”中国大运河

11 月的巴拿马，气温还是“热情如火”。巴拿马华商总会会长黄伟文忙得不可开交。百余位来自中国杭州歌剧舞剧院的演职员被他邀请到巴拿马运河边，“秀一场”表现中国历史风情的舞剧《遇见大运河》。

2018 年 11 月 18 日下午 2 时，离演出还有 2 个小时，宽敞的菲佳利会议中心已经有观众排起长队，对中巴两国建交以来规模最大的文艺表演翘首以待。

穿梭在剧场和后台的黄伟文，俨然是熟练的组织者。从早期的广东佛山龙狮团到庞大的专业歌舞团，他带来的“秀”每一次都会在当地引起轰动，让这个中美洲国家对遥远的中国多几分认识。他说：“巴拿马是最早同中国达成共建‘一带一路’谅解备忘录的拉美国家。如今，两国在基础设施、贸易、投资、海事、航空、质检、旅游、文教等各领域合作渐次展开。我们侨社则积极开展文化方面的交流工作。”

运河故事登上巴拿马舞台

运河在中国和巴拿马都是重要的文化符号，传唱古今，连接中西。

早在演出前，巴拿马文化部副部长 Juan Francisco 就预计表演“热度”太高，一般的剧院容纳不下，便安排了巴拿马运河边的菲佳利会议中心。果然，这场表演最终创下单场观众超6000人的纪录。

舞台上的大幕徐徐拉开，在桨声船影里，中国京杭大运河仿佛流到异国观众眼前。

灯光闪烁，时空迷离，男主角“承望”是一个对运河历史充满敬意的现代人，跟随着女主角“水灵”的脚步，见证大运河一幕幕辉煌历史。

在热烈的掌声中，导演崔巍向南方日报记者介绍，男女主角相知相恋，生动展示了人与自然以及当今社会与文化遗产保护之间的相互依存。

对于运河，巴拿马人有着强烈共鸣。巴拿马运河被誉为“黄金水道”，是一条联通太平洋与大西洋的国际航道。剧组与南方日报调研组一起来到现场，亲眼见证巨轮通过的场景。如此精细复杂的操作，令人赞叹这奇迹般的工程是人类智慧的结晶。

巴拿马运河管理局华裔副总工程师黄华昌说，中国与巴拿马运河的缘分始于160多年前。彼时搭载着首批华人的船只“海巫号”抵达巴拿马，开启了双方交往的百年沧桑历程；2016年6月26日，中国远洋海运集团的“巴拿马”号货轮，成为通过扩建后的新巴拿马运河的第一艘船舶。

艺术为桥　文化无界

优秀的文化没有国界。《遇见大运河》以优美的舞蹈、婉转的音乐、动人的剧情感染着观众。“我们被打动了。”巴拿马市文化局局长 Alexandra Schjelderup 说。

2006年春节前，黄伟文第一次想从中国引进文艺演出，初衷是犒劳终年辛劳的侨胞们。经过探索，他开始在演出中融入粤味元素：醒狮队、杂技团、艺术团、粤语歌等，让祖籍广东的侨胞们一解乡愁。

多年坚持下来，他发现这个计划的意义远不止如此。越来越多优秀艺术家被请到巴拿马，在“春晚”的舞台绽放异彩，为侨胞及各族群打开了一窥中国文化的窗口。因此，不少企业和社团愿意资助。艺术和文化成为桥梁，大大加深了两国的友谊。

叁

世界舞台广东戏

新中国成立70年来，特别是改革开放以来，作为开放前沿的广东，各行各业的优秀代表走出国门，在国际社会的大舞台上演绎着一个个精彩动人的故事。

历时两个多月，南方日报记者分别前往科摩罗、阿联酋、哥斯达黎加、南非、库拉索、肯尼亚、埃塞俄比亚、苏里南8国，深入采访广东省“走出去”的各界代表和海外侨胞，挖掘了一批优秀人物和感人事迹。

我们相信，在新的历史起点上，与全球共享发展机遇，共建美好未来，世界舞台上的广东故事必将更加精彩！

科摩罗：月亮之国的广东“驱魔人”

位于印度洋西南部的非洲岛国科摩罗，国名取自阿拉伯语“月亮”，风景优美、民风淳朴。

然而，这个美丽的岛国却曾经是常年疟疾肆虐，岛民的健康乃至国家的经济社会发展都遭受巨大损害，许多孩子活不过 5 岁。

2006 年，当“月亮之国”受困于疟魔时，广州中医药大学与广东新南方青蒿科技有限公司联合组织的青蒿素抗疟研究团队从万里之外赶来，在当地实施“灭源除疟法”，推广全民服用复方青蒿素。他们用了 8 年时间，成功帮助科摩罗三岛实现疟疾零死亡，发病率减少 98%。

“月亮之国的驱魔人”——这是当地人民对中国抗疟团队的美称。

如今，全球有近 40% 的人口受到疟疾的威胁。在非洲，每 30 秒就会有一名儿童死于疟疾。以复方青蒿素群防群治快速清除疟疾的“中国方案”，逐步进入国际主流媒体视野。

2019 年 9 月，为了避免疟疾“卷土重来”，科摩罗政府在大科岛启动第二轮全民服药，中国抗疟团队、当地的抗疟中心以及岛民们，再次参与到这一场没有硝烟的战争中。

“零疟疾，从我开始！”

“零疟疾，从我开始！”记者走在首都莫罗尼的街头，随处可见写有这句标语的海报、横幅。

2018年，疟疾在大科岛有复发苗头。2019年8月11日，抗疟动员大会再次在大科岛举行。科摩罗卫生部部长在大会上说，如果大科岛再不落实“中国方案”，过去十年抗击疟疾所取得的成果将受到严重威胁。

“最困难的是说服大家愿意服药，所以要下力气宣传。”科摩罗国家抗疟中心主任阿凡尼告诉记者。2019年8月开始，国家抗疟中心通过在社交媒体、电视、收音机、户外投放公益广告，以及上门普及等形式，宣传推广全民服药。在世界杯非洲区预选赛上，科摩罗球员的衣服上都印有“零疟疾，从我开始”的标语，让全世界看到他们的决心。

8月，近4000名当地抗疟人员完成培训，他们将是落实全民服药的重要力量。

9月起，大科岛启动新一轮的全民服药。9月11日是全民服药的第一天，早上8时左右，在科摩罗国家抗疟中心的办公室内，中科双方集中开会，讨论全民服药的细节安排。

记者跟随抗疟团队乘车从中心出发，沿着海岛的公路行进。道路两旁，一边是碧蓝的海洋，一边是简陋的居民房。

“你好！”“你好吗？”当我们走进哈嵋哈嵋社区，村民纷纷用简单的中文热情地打招呼。

村民们都开门欢迎送药上门。在尼匝欧泽村，妇女埃莉让5个孩子排队吃药。孩子吃药没大人“痛快”，派药员先将半颗药放在汤勺中，用水兑过后递给孩子母亲，再捏住孩子的鼻子，避免喂食时药水进入鼻腔。

“哇……”孩子挣扎着，哭了起来。埃莉耐心地哄着他：“勇敢点，吃了药就没事了。”

易卜拉欣是一名当地的派药员，怀有身孕的她坚持上门派发药品。数年前，村子里 7 岁孩子因疟疾死亡的事让她悲伤不已。“我想帮助国家消灭疟疾。”她说，希望自己不久后出生的孩子能在零疟疾的环境下，健康快乐地成长。

中国专家赢得了民心

落日余晖映照在科摩罗最繁忙的港口码头，岛民们三三两两地在海边散步，让海风吹去一日的燥热和疲累。眼前的景象，让人很难想到，疟疾曾经肆虐着这个岛国，曾经每个家庭中都有 2—4 人染上疟疾。作为目前世界上最贫穷的国家之一，庞大的医疗支出更加拖后了其发展的脚步，当地人将疟疾视为“带来哭喊尖叫的瘟鬼”。

在世界范围内，防控疟疾措施主要有广泛喷洒药剂、用杀虫剂浸泡蚊帐、筛查疟原虫阳性病人以及间歇性干预等。但这些方法并不适用科摩罗。因为当地居民的住房简陋，有些连墙都没有，甚至很多人买不起蚊帐和蚊香。

2006 年，转机终于到来。广州中医药大学首席专家李国桥带队到科摩罗，倡导全民服用青蒿素复方，消灭人群体内的疟原虫，以最终消灭疟疾源头。

“我们走的不是阻隔媒介路线，而是消灭传染源的路线。”广州中医药大学热带医学研究所所长宋健平解释说，蚊子寿命约为一个月，如果全民连续 2 个疗程服药，可保证

60天内没有疟原虫，等到携带疟原虫的蚊子死去，新一批蚊子即使叮咬了人也不再携带疟原虫。

起初不少当地人并不买账。首批入驻科摩罗科研人员之一的邓长生回忆说，当地有关部门一度“刁难”他们，许诺好的车辆不给派，卫生数据卡着不给看。当地居民更不理解：“没有得病的人为什么要吃药？”

“当时，我们从早到晚做田野调查，组织当地人，挨家挨户上门普及疟疾预防的知识。”长期在科摩罗工作的邓长生博士回忆说，已经不记得多少次被拒绝，甚至被轰出家门。

局面慢慢地被打开。2007年，在莫埃利岛的“全民治疗”启动仪式上，科摩罗总统、卫生部长以及宗教长老等有声望的人都带头服药；2012年和2013年，昂儒昂岛和大科岛先后实施“灭源除疟法”，超过220万人次参加全民服药；到2014年，该国实现了疟疾零死亡，发病人数下降了98%，其中，两个岛已经没有原发病例了，达到基本消除疟疾的目标。

中国专家从此赢得了民心。邓长生说，如今有些小孩远远看到他们走来，会摘下新鲜的椰子送来。

“中国方案”在多国推广

过去，援外医疗更多体现为由传统医疗队逐个看诊，属于“个体医治”。在科摩罗，首次形成了以公共卫生专家为主体，与受援国人员共同设计疾病防控措施、在现场共同工作的“公卫援外”模式。

这一模式的核心在于分级培训，形成了“从上到下监督，由下到上反馈”的工作机制。

宋健平介绍说，他们分层级进行培训：在国家抗疟中心，工作人员需要检测疟原虫血片，并与中方专家进行探讨；在区一级，工作人员主要是监督和指导，包括处理重症的病人；对最基层的人员，他们需要学习的是如何服药，如何快速诊断疟疾。

若村子里有人不愿意吃药，或是服药后有不良反应，基层工作人员会上报至抗疟中心，再由中科专家共同商讨应对方案。“抗疟中心就像一个家，遇到问题大家会一起想办法解决。”阿凡尼说。

以复方青蒿素群防群治、全民服药为主的快速清除疟疾的“中国方案”在科摩罗推广开来。目前，这里的成功经验又在圣多美和普林西比、巴布亚新几内亚、肯尼亚、多哥和冈比亚等地推广。

在科摩罗抗疟项目的推动者、广东新南方集团有限公司总裁朱拉伊看来，中国抗疟项目体现了“构建人类命运共同体”的理念：“不受疟疾困扰的中国，发现青蒿素后，研发生产治疟药物，设计抗疟的系统方案，只为了帮助世界上其他国家消灭疟疾。”

青蒿素走出国门的道路，比想象中艰难。朱拉伊说，在非洲，每一个国家药品市场准入标准都不同，这意味着新药进入市场时成本巨大。而且，长期以来，西方国家把持了新药审核与评估的标准，中国自主研发的新药很难获得国际组织的认证。

即便如此，“中国方案”还是改写了世卫组织的“游戏规则”。抗疟项目在科摩罗取得成功后，世界卫生组织先后在 2015 年和 2017 年发布了关于全民服药的操作指南。

现在，越来越多的年轻人踏上这条抗疟路。路，正越走越宽。

记者手记

海岛上来了“自家人”

头顶烈日，脚踏泥土，越过山海。在2019年9月11日全民服药的第一天，我们跟随抗疟团队下乡，监督服药情况。

早上8时，我们乘坐着破旧二手车出发。在车上，抗疟团队成员主动唠起在当地的生活状况。“我到现在还记得，刚到科摩罗的时候，那种心理崩溃的感觉。”邓长生说，当时科摩罗每天常规的供电时间仅8小时，“烛光晚餐”是常态；岛国缺淡水，遇上旱季，他们只能用水坑中的脏水洗漱；打电话每分钟25元人民币，总是掐着表说话，往往说不上两句电话就挂了。

现在十多年过去了，生活环境有了转变，当地人也早将中国专家看成是“自家人”。卢晨光是中国抗疟团队中最小的成员，2019年刚来科摩罗时，遇上有史以来最大的台风，不少居民的铁皮房都倒了。下乡给村民送物资时，有的村民为了表达感谢，居然想把孩子送给他。“这我哪能要呢？”卢晨光笑着说。

在这支抗疟团队中，有一对“夫妻档”。2019年，李国铭与妻子刘瑞媚一起到海岛，李国铭是组长，负责这一期项目运作；妻子负责管理药品质量。李国铭说，等将来老了，想起两人最浪漫的时光，就是在异国，对抗疟疾。

由于中国抗疟团队打下的基础，哪怕是第一次到科摩罗的中国人，也能感受到当地人的友好。走在海岛上，经常有居民跟我们主动用中文打招呼，甚至握着我们的手表示感谢。

科摩罗成功抗疟，离不开中国一代代青蒿素人的艰苦探索。当年，李国桥教授两次往自己体内注射疟原虫，只为了证明青蒿素的功效。如今他的成果在非洲落地，帮助更多穷苦百姓，摆脱疟疾的困扰。未来，青蒿素这张“中国名片”会让更多人了解中国，认识中国。

视界

广东团队　非洲抗疟

挥别阴雨天，“月亮之国”科摩罗重现蓝天，清晨海风吹来，令人心旷神怡。在美景的背后，这颗印度洋上的明珠曾经疟疾横行，因为疟疾，许多孩子都活不过 5 岁，当地父母一般都要等孩子 5 岁后才给他们取名字。

2019 年 9 月 11 日早上 8 点，在科摩罗国家抗疟中心，来自中国广东的抗疟疾团队与科方工作人员就服药安排的各种细节进行讨论。为了实现“零疟疾”的目标，2019 年 9 月，大科岛正式启动第二轮全民服药，11 日正是全民服药的首日。

自 2006 年起，广东累计派出 200 多批科研人员来到科摩罗，推广全民服用复方青蒿素方案，仅用 8 年时间，就实现疟疾零死亡，让发病率减少 98%，其中莫埃利岛和昂儒昂岛已经完全没有原发病例。

广州中医药大学热带医学研究所所长宋健平直言，如今的大科岛已经具备完全消除疟疾的条件。

九点半，中科抗疟团队成员驱车前往偏远的村落，监督发药服药情况。岛上的道路崎岖不平，颠得让人难受不堪。这样的情况，广东专家已习以为常。

“你好！”在村口，村民主动用中文热情地与抗疟团队打招呼，他们开着门等待送药上门。从民众不设防的眼神可看出，他们非常信任中国专家。

在尼匝欧泽村，数户人家聚集在一起，等候派药员的到来。妇女埃莉让 5 名孩子排队吃药，不同年纪的孩子服用的剂量有所不同。她最小的孩子尚在襁褓之中，派药员将半片药用匙羹碾碎，兑水后灌入孩子口中。

易卜拉欣是当地的一名派药员，怀有身孕的她走街串巷，给村子里的人派发药品。“我想帮助国家消灭疟疾。”她说，希望自己不久后出生的孩子能在零疟疾的环境下，健康快乐地成长。

27 岁的莉莉曾经在中国留学八年，自小目睹疟疾横行肆虐的她曾希望成为一名医生。如今她换了种方式，加入了抗疟团队担任项目助理和翻译，“我在做一件关乎全民健康的事情，这不仅仅是一份简单的工作，更是一种社会责任感的体现。”

回想起 2006 年初到科摩罗的场景，广东青蒿素抗疟团队成员邓长生依然印象深刻，“烛光晚餐”是常态，吃饭时要留出一只手赶苍蝇；岛国缺淡水，遇上旱季，他们只能用水坑中的脏水洗漱；最难挨的还是思念之情，因为昂贵的国际长途费用，他打电话时总是掐着表说话。

如今，随着疟疾的逐渐消除，岛上生活环境好了，经济条件也好了，网络快了，水电充足了，食物多了，一切都在变好……

9月12日上午，科摩罗国家抗疟中心里，抗疟团队成员卢晨光和李国铭正在培训当地医护人员检查血液样本。授人予鱼，不如授人予渔。李国铭说，只有本地科研人员熟悉“中国方案”的运作方式，才能更快彻底清除疟疾。

目前，广东有18名科研人员在圣多美和普林西比、巴布亚新几内亚、肯尼亚和多哥等6个国家推广科摩罗成功经验。

大科摩罗岛尼匝欧泽村，经过中方培训的当地派药员正在给当地村民们服用抗疟疾的药物

Oichili 区的卫生站，宋健平（右二）与团队成员督查当地服药的情况

广东青蒿素抗疟团队与当地民众合影，村民们都十分欢迎他们

科摩罗国家抗疟中心里，卢晨光和李国铭正在培训当地医护人员检查血液样本

库拉索：加勒比海岛上的中文读书声

“起立，唱国歌！”

2019 年 10 月 1 日，庆祝中华人民共和国成立 70 周年阅兵仪式在北京举行。此时，在地球另一端的加勒比岛国——库拉索的一所华文学校里，穿着红色校服的孩子们看着教室前的大屏幕，与一万六千多公里外的祖（籍）国人民一起，激动地唱着中国国歌。教室墙壁上，挂着一面鲜艳的五星红旗。这是一所“年轻”的学校：2014 年 10 月，在中国驻威廉斯塔德总领事馆、国务院侨务办公室、广东省人民政府侨务办公室等单位共同支持下，库拉索华文学校正式开课。

一间小小的教室，成为该国华人孩子了解中国的一扇窗口。在这里，他们一撇一捺，写下端正的方块字；在这里，他们看到日益强大的中国，找到了文化认同感和归属感。从此，加勒比海上传来了琅琅书声，涛声不止，书声不绝。

万里相连的血脉情谊 “我希望他有颗中国心”

“哇，好漂亮啊！”2019 年 9 月 23 日，当记者一行来到库拉索华文学校时，这里正在进行一堂特别的中国文化课。授课的柯小玲来自广东茂名，是一名华文支教老师。此时，她身着一套精致的汉服，将《鸟瞰中国》纪录片播放给孩子们观看。

飞驰的高铁、贵州的“天眼”、酒泉的火箭……孩子们睁大了眼睛，不愿错过屏幕中播放的点滴细节。看到哈尔滨的冰雕，这些从小生活在热带海岛的华人孩子，禁不住齐声发出了赞叹。

“中国有好多高楼大厦！”“高科技产品很多，高铁很快”……谈起对中国的印象，孩子们争相回答。10 岁的郑富斌自豪地说：“中国是我们的祖居国，我们要讲中国话。”

看到孩子的成长，库拉索华文学校校长黄冠雄十分感慨。要知道，这里的不少孩子，在此前都不会讲普通话。

库拉索是荷兰王国的自治国，16 万人口分布在 440 多平方公里的海岛上。库拉索华人华侨总会主席容宇庭介绍，目前生活在库拉索的华人华侨约 4000 人，大多来自广东的江门恩平、台山等地。库拉索官方语言是英语、荷兰语、帕皮门托语，出生于此的华人孩子，大多掌握好几门语言，却不会汉语读写。

2013 年 10 月，中国在库拉索首府威廉斯塔德设立了总领事馆，库拉索侨领们提出，希望办一间华文学校。在多方共同努力下，2014 年 10 月，库拉索华文学校正式开课，华文教师由国侨办和广东省侨办选派。自此之后，中华文化带着乡音漂洋过海而来。

黄冠雄告诉南方日报记者，学校创办时原本只计划招生 100 多人，没想到竟有 240 多个孩子来报名，有的学生甚至坐到了讲台边上。“库拉索的华人华侨，都希望孩子能来上学。”华人郑珠玲的儿子就是华文学校的首批学生之一。如今，孩子的中文越来越流利。她说：“有一天，他放学回家，说长城很壮观，以后想回国看看，我很激动。我希望他有颗中国心。”

“慈母手中线，游子身上衣。临行密密缝，意恐迟迟归……”《游子吟》是13岁的学生甄嘉仪最喜欢的诗词之一，每次朗读，她都投入了饱满的感情，“这首诗写的是对母亲的感恩与思念”。这也是库拉索这个加勒比海岛上，数千华人华侨的“游子吟”。

走向世界的文化自信
加勒比海岛上掀起“汉服热”

为了庆祝中华人民共和国成立70周年，库拉索华文学校的学生们进行了一次“快闪”：13位身着汉服的华人孩子，在柯小玲的带领下，在威廉斯塔德中心城区齐声唱响《我和我的祖国》。“快闪”吸引了很多人围观，柯小玲借机向更多人介绍中国和汉服文化。

黄冠雄介绍，学校有一间教室，由库拉索侨团物业改建而成。课本等教学用具由国侨办与广东省侨办协助提供，教室内一百套桌椅由江门市外侨局支持购买。学生年龄跨度从5岁到29岁，分四个班级，逢周末上课。

中华文化让华人孩子有了更强的归属感。在上课之余，柯小玲给有兴趣的孩子教授了汉服文化和礼仪、中国古典舞蹈、中国乐器等。不久前，在库拉索华人华侨举办的中秋国庆晚会上，孩子们的汉服秀和功夫扇子舞惊艳了全场，观看晚会的库拉索政府官员称赞：“了不起的中国功夫！”

借助一阵阵中华文化热的掀起，华文学校也在无形中搭建起了一座“桥梁”——让库拉索人更深入了解华人群体。库拉索经济部长吉赛尔·麦克威廉接受南方日报记者采访时表示，华人华侨在推动库拉索发展中起到了积极作用。库拉索期待与中国在经贸、投资、旅游、文化等领域加强合作，相信在“一带一路”倡议下，两国能够实现双赢。

在广东，还有很多像柯小玲这样热爱传播中华文化的支教老师。自2004年起，广东省向印尼、菲律宾、库拉索、委内瑞拉等10个国家和地区的30多所华文学校，派出华文老师1005人次，在当地华人华侨创办的学校从事一至两年的教学工作，把中华文化的“种子”撒向四海。

柯小玲也深深地爱上了这个加勒比海上的小岛和学校的孩子们。在一年的支教生涯结束前，她又主动续签了一年。秋季学期开学的这一天，琅琅书声再一次传出窗外，鲜艳的五星红旗在操场的旗杆上迎风飘扬。

专访

中国驻威廉斯塔德代总领事薛山：

越来越多库拉索人对中国文化感兴趣

南方日报：国人对库拉索都比较陌生，您能否简要介绍一下，中国和库拉索在教育、文化交流等方面的情况？

薛山：库拉索与中国相距遥远，库拉索是荷兰王国内的自治国，华侨华人移居库拉索的历史超过100年。近年来，中荷关系快速发展，2013年10月，中国在库拉索首府威廉斯塔德设立了总领事馆后，中国与当地各领域交流合作不断增多。在总领馆积极协调下，2017和2019年春节期间，江苏艺术团、河南艺术团分别来库进行文艺演出，受到当地民众欢迎。2018年底国家汉办向加勒比洲际大学派出汉语教师志愿者，开办汉语教学。2018年，库拉索图书馆还设立了“广东书屋”。当地掀起了“中国热”，越来越多当地民众开始对中文和中国文化产生了浓厚兴趣。总领馆举办活动时准备的介绍中国的书籍都被索取一空，常常有人询问如何在当地学习到中文。

南方日报：在总领馆成立后不久，就开设了库拉索华文学校？

薛山：是的。为满足广大侨胞子女学习中文需要，弘扬中华文化，在国侨办、广东省侨办、江门市外事侨务局的大力支持下，库拉索华文学校于2014年10月成立，开学之际就有200多个学生，超出了原本预期。学校不仅教授中文，还有中国历史、地理、音乐等内容，很受学生欢迎。学生们还积极参加春节、中秋庆祝活动和当地文化活动，以及赴华夏令营活动。国之交往在于民心相通，这些活动对增进中库之间相互了解发挥了积极作用。

南方日报：接下来，总领馆将如何继续推动中库双方进一步的合作？

薛山：库拉索积极响应“一带一路”倡议，双方务实合作和人员交流不断增多。目前库拉索与我国在“智慧城市”和太阳能项目上已开展了合作，项目规模不断扩大。许多当地工商企业界人士赴华考察，洽谈合作，如参加广交会等；不少民众赴华旅游、学习。随着库拉索知名度的提高，不少国内企业家前来经商考察。

总领馆将继续积极促进双方加深了解，开展人文交流和经贸合作，努力推动双方友好关系不断向前发展。

记者手记

一支粉笔，一代传承

第一次听到库拉索这个国家,很多人的反应都是：在哪儿?

在地图上，这个国家像米粒一般大小，离中国有几乎半个地球的距离。但在这个加勒比海的小岛上，自 2014 年 10 月建校以来，库拉索华文学校在每年开学日和中国国庆日，都会在门口升起一面五星红旗。

穿着红色校服的学生，有着不一样的皮肤颜色，但有一双同样清澈的眼睛。通过华文学校这个窗口，他们的心与万里之外的中国一起跳动。

从不会讲普通话，到可以合唱中文歌。这一切改变，源自华文学校的建立，基于华文老师的到来。一支粉笔，写下历史的脉络；琅琅书声，吟诵文化的传承。

课间，穿着汉服的孩子们排练了扇子舞。库拉索的华人华侨看着闹腾的孩子们，脸上露出了笑容。距离第一批华人来到库拉索，至今已经有上百年的历史。他们在库拉索开起了杂货铺、洗衣店、中餐馆，付出了很多汗水才慢慢站稳了脚跟。随着中国的强大，海外华人华侨的腰杆也更加挺直。

我相信，在一批批广东来的华文教师帮助下，这一代了解和热爱中华文化，并能够流畅使用中文、荷兰文、英文的华人孩子，将成为推动中国与库拉索交流交往的新生力量。

南非："彩虹国度"的华人警民中心

2019 年 9 月 30 日，在南非约翰内斯堡的一座华人商城内，侨胞们组织了庆祝中华人民共和国成立 70 周年联欢会。他们手持五星红旗，对着遥远的东方唱响祝福的歌。

南非洲粤港澳总商会会长吴少康及多位侨领，在与南方日报记者谈到华人华侨近年在南非的发展时，都会提及南非华人警民合作中心（下称"警民中心"）。不久前的一次绑架案中，两名华商被安全救出，除中国驻南非使领馆和当地警方的努力外，警民中心也功不可没。

"华人华侨遇到困难就找警民中心。中心的骨干们为此付出大量的精力和财力，以保证大家安全和顺利地发展。"警民中心创始人之一的吴少康说。

这是个由各个侨团联合成立的非营利性组织，成立 15 年来多次配合警方打击针对侨胞的违法犯罪活动，并在南非全国建立 10 余家省级中心。警民中心的发展史，是侨胞在海外团结奋斗、以更自信姿态融入当地社会的生动写照。

团结侨胞，加强自我保护

因其多样化的人口组成、多姿多彩的历史文化，南非有着"彩虹国度"的美誉。不过，近年来该国针对华人的犯罪问题日益严重。

约翰内斯堡侨领徐侃毅清楚记得，他到达南非的第三天便遭遇抢劫。由于类似案件频发，徐侃毅在与华人好友姒海交谈时，提出了成立侨胞自我保护组织的想法。

这个想法得到越来越多侨胞及中国驻南非大使馆的支持。2003 年底的一天，侨领们在“警民中心筹备会”上达成共识，要团结各侨团力量、加强与当地警方联系，成立非营利性的民间组织。2004 年初，南非华人警民合作中心投入运行。

回忆起创立之初的艰难，徐侃毅仍十分感慨：“场地、启动经费、专职工作人员、处理事件经验等，一大堆事情要逐个落实。”但侨界热心人士积极参与，捐物捐款，让警民中心有了茁壮成长的条件。“亚洲城”业主吴少康提供店面作为中心办公室，姒海从拍卖行买来大批办公用品，徐侃毅从家里搬来电脑……

此外，南非洲粤港澳总商会以及福建同乡会、顺德联谊会、上海工商联谊总会等商会、侨团踊跃出资，警民中心收到捐款 100 余万兰特（南非货币名）。

搭建当地执法部门与华人社区间的“桥梁”

警民中心运作起来，逐渐获得当地政府部门的关注与认可，约翰内斯堡所处的豪登省时任警察总监奈杜曾到访。但是，没有官方背景的警民中心要得到警方的认同与配合，开头难度不小。这一年，当地一家商业中心遭抢劫，4 名警察遇害。警民中心募集 16 万兰特慰问遇害警察家属，让警方感受到了华人华侨的善意和能力，从此加强了与警民中心合作。

“创始人还多次走访市内各个区警局，并参与协调棘手的案件。经过不懈努力，警民中心成立的初衷，即在南非执法部门和华人社区之间架起沟通的桥梁，渐渐成为现实。”吴少康说，中心还举办了多期警察培训班，让当地警察学习简单的中文，了解中国文化，在执勤时与华人沟通更顺畅。

有一次，在南非奥吉斯居住的华人杨某遇害身亡。其家属身在异国举目无亲，再加上语言不通，悲痛之余也为案件侦破发愁。警民中心接到求助后，即派工作人员驱车100多公里赶到案发地，协助受害人家属同警方沟通。在案件庭审工作中，中心陪同家属出庭20多次，协助取证、笔录和指证工作，最终让凶手受到法律严惩。

成为侨胞融入当地社会的“旗帜”

“如今，警民中心平均每天接到五六通各类求助电话，多的时候有10通。”警民中心现任主任李新铸介绍。

除了抢劫等违法犯罪案件，警民中心受理更多的是侨胞求助、投诉，为侨胞提供翻译协助、开展安全防范知识普及，甚至调节侨胞之间和家庭内部的纠纷。

这种热心帮助，甚至跨越国界。2017年，华人余女士在南非邻国莫桑比克遭遇入室抢劫，头部重伤，伤情紧急。由于莫桑比克医疗条件有限，当地侨领王孝金致电时任警民中心主任吴少康，吴少康连夜联系南非医疗急救飞机公司和约翰内斯堡最大的医院，并自行垫付88万兰特，用于支付押金和租用急救飞机。经过月余的治疗，余女士转危为安。

“没有他们，我这条命可能就回不来了。”如今，安全回到家乡湖南的余女士每想起此事，总感念着警民中心和热心侨胞。

正是这样的无私奉献，让警民中心不仅得到华人社区的认可，更成为华人华侨融入当地社会的一面“旗帜”：

警民中心加入了南非官方组织——社区治安论坛(CPF)，吴少康等骨干成员曾受邀参加南非警察部年度财政预算听证会；2006年起，警民中心每年都通过颁发奖状、奖品等方式，奖励为华人社区作出贡献的南非警察；2013年起，与当地警方协调配合，警民中心先后在南非全国成立10余家省级中心。一张服务侨胞的安全网越织越结实。

“警民中心等侨团的实践经验，以及中南两国不断深入的交流合作，让我们华人华侨有信心以更积极的姿态融入当地社会。”吴少康的话，道出众多侨胞的心声。

记者手记

侨胞们更加积极、更加团结

“我和我的祖国，一刻也不能分割……”2019年10月1日前夕，南非约翰内斯堡商业楼群间响起了歌声。这是由上海、广东、福建以及中国东西南北中各地侨团组织的《我和我的祖国》“快闪”活动。

走出国门发展的侨胞越来越多，遇到的不安全因素也可能增多。在约翰内斯堡东区，一条约半公里长的商业街上，从家家汉字及英文译名招牌可以看出，店主们来自中国的全国各地。这条街道在2005年底被正式注册成为唐人街。如今，南非华人警民合作中心的办公地点就位于这里。

漫步在这条唐人街，我们看到：警民中心聘请的保安配枪值守在各个岗位；警民中心协调当地警方在这里设立的警务室，有专职警察24小时值班；为保护居住在附近的近万名侨胞，警民中心还雇佣多辆全副武装的保安车巡逻，每辆车上都印有警民中心的标志和联系电话……

今天这里的安定兴旺，是华人们为自身安全呼吁和行动的结果。侨胞们有了更加积极的自主精神、更加团结的群体意识。南非华人警民中心，就是海外侨团的一个绝佳典范。

专访

106岁“西关小姐”为华人维权发声

——访南非华人潘吴瑞芝

10月正是南非的春天。2019年12月2日，约翰内斯堡法院开庭审理一起华人侨团起诉辱华者的案件。

两年前，多名白人在社交媒体脸书上发表针对华人华侨的种族歧视、恶意诅咒甚至人身威胁的言论。对此，南非历史最悠久的侨团之一——杜省中华公会举办华人社团大会，参与者包括新侨、老侨及来自香港、台湾地区的侨胞等，大家对这种恶劣的种族主义言论表示愤慨，一致同意报案和起诉维权。

南方日报记者来到被蓝花楹笼罩着的一户华人家里，见到了身着蓝旗袍的潘吴瑞芝。她已是106岁高龄，仍然神采奕奕。这位在当地华人界享有崇高地位的杰出女性，以华人在南非奋斗历史的亲历者和见证者的身份，优雅大气地出庭作证。

日军侵略到广州时逃难到南非

潘吴瑞芝的儿子——南非广东顺德联谊会会长潘国境介绍说："我妈妈出生于1913年，是地道的'西关小姐'。"

老人笑着说："我是有着11个兄弟的独女。这一生历经惊险艰难，幸而终于过上了幸福和乐的生活。我丈夫潘伯光是出身于顺德的南非华商。他是我哥的中学同学，我21岁与他结婚。1937年，日本大批飞机轰炸了广州沙面、黄沙等地。正在读大学的我大哥和丈夫都是热血青年，四处参加宣传抗日的活动。1938年，日军侵华的铁蹄逼近广州，我丈夫应他父亲的要求，去南非当华文学校校长。当日军打到广州，我抱着孩子，怀着身孕，扶着婆婆，无比艰难地走上逃难之路。在最惶恐的时候，我最担心的是将来不能与丈夫团聚。"

1939年，她们经过澳门、香港，在木船上颠簸了31天后，终于到了南非，见到了离别许久的丈夫。

夫妇异地传播中华文化

"我们夫妇的信念一样，就是一定要搞好华文教育，把中华文化传承下去。"她说。当时，潘伯光在比勒陀利亚的华文非京公学当校长，而潘吴瑞芝留在约翰内斯堡的国定华侨学校任学校训育主任，到周末才能一家团聚。

老人说："我在国定学校工作那些年，每天从早上七时忙到晚上八九时，教中文等多门课程，还做秘书、杂务工作，此外要做家长的工作。当年，来南非的华人大多数是文盲，常常排队让我替他们写信寄回家乡。有的学生家长认为孩子学好英文，将来就有饭吃，没必要学中文。我们上门去动员家长：中国人一定要会讲中文，才能团结起来应对外族欺负和奴役。因此，我们学校 300 多人的学生既有十五六岁，也有五六岁。我课间还要给孩子们喂饭。”她讲到这里笑了，仿佛那辛苦却甜蜜的一幕回到眼前。

百岁老人为侨胞出庭作证

华文教师的薪酬较低，潘吴瑞芝不得不开始做生意，养大了国伟、国邦、国煊等 8 个孩子，并且教育他们不忘故土。她积极参与华人社团的活动，长期资助华人养老院，被旅南侨胞尊称为“潘妈妈”。

2019 年是新中国成立 70 周年，潘妈妈出席了中国驻南非大使馆举办的国庆招待会。她激动地说：“祝福中国蒸蒸日上，一年更比一年好。”

在打这起华人维权官司时，律师鼓励老人说：“你是我们的榜样。”她作为华人维权官司的证人，到法庭为华人群体发言说：“我们在南非辛勤工作，却曾经因为种族隔离政策，受到白人的种种歧视，而直到如今还有人说要把中国人‘赶回去’。我来这里 81 年了，南非就是我的家，我们是对社会有贡献的群体，在这里应该有地位。”

哥斯达黎加：粤企携手哥国建设智慧城市

9月的中美洲正是多雨的炎夏季节。哥斯达黎加的上午还是烈日当头，一顿午饭还没结束，常常就迎来一阵倾盆暴雨。

对这样的天气，来哥3年的项目经理魏畅已经习以为常了。2019年9月27日8时，他像往常一样，穿好防晒工服、套上反光背心、戴上安全帽，来到哥斯达黎加智慧埃雷蒂亚（HEREDIA）项目（以下简称“埃雷蒂亚项目”）的核心机房。这个光纤入户工程正在进行收尾工作。这是中国能源建设集团广东省电力设计研究院有限公司（以下简称“中国能建广东院”）在中美洲地区开展的第一个项目，也是中哥两国国企的首次合作，这其中还有知名企业华为的身影。

埃雷蒂亚项目的成功“落地”，得到了中国驻哥斯达黎加大使汤恒的祝贺和赞赏。他表示，中哥建交12年来，两国关系已由“少年期”步入成熟期，政治互信不断巩固，各领域友好合作成果丰硕，期待中国企业继续做增进两国政治经贸合作的纽带和桥梁。

粤企走出国门
让哥国15万户用上“光速”网络

从世界地图上看，哥斯达黎加位于南北美洲之间，狭长的地形与临近的巴拿马共同构成美洲的“蜂腰”。在西班牙语中，哥斯达黎加意为“富饶的海岸”。埃雷蒂亚是哥首都圣何塞北部的一个省，其中心区居民约15万余户需接入光纤网络。

2017年7月26日，中国能建广东院与中美洲最大的电力、电网及通信运营商——哥斯达黎加电力电信公司（以下简称“ICE”）在圣何塞签署协议。该院以EPC模式总承包建设埃雷蒂亚地区的光纤网络覆盖改造项目，这也是两国国企的首次“触电”。同年11月2日，项目正式开工。

2019年9月底，南方日报记者随中国能建广东院团队来到埃雷蒂亚项目现场实地走访。行走在圣何塞的街道上，不时可见道路两侧架设的电线杆，头顶上空是密集交错的线网，中国能建广东院的光缆线也布于此间。

“哥斯达黎加的网线普遍用的是铜缆，我们要用光缆来代替，也就是‘光进铜退’。”魏畅是中国能建广东院的通信技术专家，讲起自己钻研多年的业务领域，滔滔不绝，“光纤的带宽大、传输距离远、速度快，用‘光速’上网，网速将大幅提升……”

据了解，目前哥国全国的平均网速仅为3.9 M/s，远低于全球7M/s的平均水平。而埃雷蒂亚项目建成后，15万户居民的网络带宽最高将超过100M。“瞧，这就是我们的光缆线，这是分光用的光交箱。”

来到位于ICE公司二楼的核心机房，魏畅迅速进入工作状态：“我们一共有4个核心机房，这个机房有四台OLT主机，分别覆盖三个地区。”他介绍，目前项目已全部完成全网调试和开通，已有约10万用户的网络区域交付使用了。

在哥国的布局只是中国能建广东院宏大国际化战略的一

隅。早在 2006 年，中国能建广东院就在越南建立了第一个海外代表处。随后，在土耳其、菲律宾、孟加拉等国的建设中都有了广东省电力设计研究院的身影。

“国家的发展和‘一带一路’倡议的提出，为企业走出去提供了保障，‘走出去’是必然的。”中国能建广东院总经理、党委副书记乔旭斌告诉记者，中国能建广东院实现了从传统设计院向国际工程公司的转型，业务范围从电力拓展到了通信、海洋、市政等领域，业务类型也从咨询规划、勘察设计拓展到了“交钥匙”的工程总承包，“走出去”的步子也越迈越大。

赢得哥方盛赞
“这是近年来执行最高效的项目”

作为哥斯达黎加的国家电力电信公司，ICE 已有 70 年历史，在哥国业务覆盖范围最广、影响力最大，在整个中美洲地区也是赫赫有名。此次与中国能建广东院的合作，高效快速的中国速度让哥方伙伴大为震撼。

“这是 ICE 公司近年来从签约到实现顺利开工最快的项目。” ICE 电信公司战略部部长 Francia Picado Duarte 禁不住竖起大拇指。从开工到完成，整个项目仅用了一年半时间。

ICE 电信公司项目主管 Herbert Barrot Araya 也有同感：“中方的回复一向非常迅速。比如，我们早上发通知说要修改，他们在一两个小时内就会回复。”

要知道，这样的高效率，得益于中国能建广东院团队无缝利用两国时差的 24 小时接力——北京时间上午 9 时，哥国夜幕降临，魏畅和团队开始连线国内同事，准备技术材料和商务文件；北京时间晚上 10 时，哥国朝阳初升，团队恰好能准时交付、谈判答疑。正是这种完美的接力模式，才确保了项目的高效反馈和跟进。

对哥国来说，埃雷蒂亚的光纤到户只是第一步，其长远布局在于互联网产业与智慧城市建设。ICE 电信公司基础设施建设部部长 German Sánchez Miranda 说，中国这些年发展特别快，希望可以借鉴中国的技术、经验和智慧，让哥国的经济、社会和民生发展得更好。

“一带一路”倡议让越来越多的中国企业发现了广阔的海外市场，他们逐渐走出国门，开始在异国他乡大展身手。在哥斯达黎加，亦是如此。

“外国企业进入哥国市场，最容易遇到的是对当地法律法规不熟悉的问题。”哥斯达黎加 Batalla 律所环境法及公司法律师 Raúl Guevara 介绍，哥国法律法规与大部分亚洲国家存在较多不同，特别是与环保相关的法律法规较多。

据了解，Batalla 律所近年来为不少中国企业提供了法律咨询。Raúl Guevara 建议，中国企业在进入哥国之前，要充分做好对当地市场的基础调研工作，尤其是在签署项目合同时，要了解当地同类项目的具体实践情况，以免后期工程合同不断变更，影响项目进度。

“中国的发展非常快，像火箭一样。”Raúl Guevara 曾去过深圳，印象极深，他非常看好中哥两国发展的前景，在他看来，现在正是加强两国合作的最好时机。

国企“牵手”民企 提升民族品牌的海外影响力

在这个异国项目中，还有华为的身影。一个是老牌国企，一个是民企明星，两家粤企在大洋彼岸的美洲土地上，上演了一次特别的“跨洋牵手”。

“我们的任务，就是做好中国能建广东院的‘贤内助’。”华为哥斯达黎加子公司总经理赵博风趣地告诉记者，在这个项目中，华为主要负责通信设备的供应和安装调试。

记者一行来到埃雷蒂亚项目的核心机房时，两名身着亮黄色工服的工人正专注地将细如丝的光纤线穿进机器；哥斯达黎加姑娘 Katerin 仔细检查着设备的运作情况，她是负责现场管理的项目计划经理。他们都是就职于华为哥斯达黎加子公司的当地员工。

到达华为哥国子公司时，已接近傍晚时分，办公室内仍有不少员工，大多埋头案前，认真工作，有的在轻声交流，谈至兴起时，还不忘来一个默契的拥抱。在茶香和咖啡香交融相伴的空气中，洋溢着既紧张又活泼的气氛。

“我以前也是记者，现在负责卖手机。”担任消费者 BG（企业业务）部长的 Andrea 是哥国本地姑娘，记者一走进办公室，她便热情上前打招呼。Andrea 说，很喜欢华为的工作环境，尽管业务很繁忙。谈到对中国的印象，她毫不掩饰对中国的喜爱：“我去过中国 3 次，特别喜欢深圳。”

与初来乍到的中国能建广东院不同，华为在承接埃雷蒂亚项目之前，已在哥国打拼了十几年，一步一个脚印，在这片海外陌生的土地上逐渐扎下了根。

“我们主要做三方面的业务：运营商业务、政企业务，还有终端业务，也就是我们常用的手机、智能穿戴等。”赵博介绍，目前华为在当地终端市场的占有率大约在47%，约占了半壁江山，运营商业务和政企市场大部分也由华为运营。

开疆拓土之路并不轻松。华为初到海外拓展市场时，也面临重重困难。赵博坦言：“激烈的竞争、税法制度的差异、外部环境压力等等，都必须去克服。”

华为哥斯达黎加子公司运营商业务部总经理黄祖刚回忆，2013年底，哥国的通信运营商有一个3D项目在公开招标，公司看准这个机遇，做足了竞标准备工作。“我们的设备、技术、服务和理念都是领先的，对方很‘识货’，我们就成功中标了。”从那时起，华为成功迈出了领先当地市场的第一步。随后，依靠品质、技术和服务，逐渐在当地做出了品牌效应，赢得哥国政企和民众的信任和喜爱。

中国能建广东院和华为同属于广东“走出去”的能源基础设施产业联盟，此次在哥国的合作，中国能建广东院带来中国高水平的工程总承包管理和设计建设方案，华为提供优质的通信产品，创新海外项目合作发展模式，实现广东企业“走出去”抱团发展、资源共享、合作共赢。

对话

中国贸促会驻哥斯达黎加总代表张喜敬：

借“一带一路”东风寻找合作新机遇

南方日报： 目前中国与哥斯达黎加经贸往来情况如何？

张喜敬：哥斯达黎加是 21 世纪第一个与中国建交的中美洲国家，目前中国是哥国第二大贸易伙伴。哥国对中国的出口在保持增长，商品结构也日益多元化。据中国海关统计，2018 年，中哥双方的贸易总额大约 24.4 亿美元，同比增长了 6.71%。这其中，中国出口的有 16.63 亿美元，进口大概 7.77 亿美元。

南方日报：近几年两国贸易往来有什么新特点？

张喜敬：目前哥国对中国产品需求很大，各式各样产品都有。而哥国是农业为主的国家，往中国出口的主要是农产品，以咖啡、牛肉、木材、菠萝等为主。近几年，哥国对于中国“一带一路”倡议响应很积极。2018 年在上海举办的中国进口产品博览会上，他们带去了一些较好的产品，像咖啡、牛肉等，在展会上受到了欢迎。

南方日报：像中国能建广东院这样参与哥斯达黎加建设的中国企业多吗？

张喜敬：目前中国参与哥国建设主要是以政府的无偿援助为主，比如圣何塞市中心的体育场就是中国政府援建的项目，还有正在建设的 32 号公路。像中国能建广东院这样通过公开竞标展开商业合作的国企，目前只此一例。不过，有不少国企陆续在这儿设办事点，希望寻找到一些项目和机会。

记者手记

“火山之国”树起中国品牌

“国家越来越强大，我们的机会越来越多。”在哥国采访的几天里，记者从中国能建广东院、华为员工和其他当地华人的口中，频繁地听到这一句心声。

伴随国家的发展和“一带一路”倡议带来的新机遇，越来越多中国企业开始走出国门，一步步打开海外市场。在哥斯达黎加这个“火山之国”，广东企业的知名度和美誉度也越来越高。

扎根之路并不容易，法律、制度差异，文化、理念不同，都得克服，甚至气候的差别，都会有很大影响。哥国雨季长，中午时常下雨，对施工影响大，所以团队基本是凌晨 4 点就去现场。但在魏畅看来，“如今回看，前期再怎么艰难和投入，都值得”。

越来越多像中国能建广东院、华为这样的企业走出国门，中国品牌、广东形象逐渐为世界所知，这离不开当地华侨华人的协助，他们积极地为中国企业在所在国顺利开展业务提供力所能及的帮助，一定程度上发挥了纽带和桥梁作用。与此同时，走出去的中国力量，成为久居海外的华人了解中国快速发展的最直接窗口，同时，也带来了新的发展机遇。

56 岁的莫春发在哥国华人圈中名气不小，来自江门恩平的他，29 年前来到圣何塞，经营超市、五金生意、餐饮等，也热心服务华人群体，还创办了旅哥恩平工商会，团结华人积极融入当地助力发展，对来到这里发展的中国企业团队，也提供力所能及的帮助。

“我们的企业走出来发展，品牌越做越大，展示了国家形象，我们都很自豪。”旅哥珠海联谊联合总会会长古志宏由衷地说。

肯尼亚：广东品牌的非洲成长记

从默默无闻到手机品牌占据非洲近一半市场，再到2019年9月30日在科创板挂牌上市，深圳传音控股股份有限公司（简称“传音”）扎根非洲十多年，与当地人一起奋斗成长，打造出受到当地消费者认可、合作者信任的民族品牌。

信任度，是衡量中国民族品牌海外影响力的一项重要指标。近年来，尤其是“一带一路”倡议提出以来，越来越多在海外的中国企业意识到：扭转中国产品“价廉质次”的传统海外形象，在海外消费者和利益相关方心中重建影响力和信任，成为中国品牌在全球市场竞争中赢得优势的关键。

在海外发展，广东的民族品牌遇到了哪些挑战和困难？如何提升品牌价值和影响力？怎样建立起与利益相关方的共赢关系、情感共鸣？……“窥一斑而知全豹”，南方日报记者在非洲走访了广东企业传音，以该企业在非洲的发展经历来解答上述问题。

从“零”做起
改变中国产品刻板印象

“您好，请问有没有兴趣了解下我们的产品……”“中国的产品？对不起，我不感兴趣。”

十多年前，传音创始团队成员俞卫国来到东非地区开拓市场，那时虽然非洲手机普及率不高，但也意味着市场前景广阔。俞卫国背着公司生产的手机四处谈合作，经常碰一鼻子灰，有时甚至被当地门店赶出来。

“产品没知名度呗。”俞卫国回忆说，还有一个大的背景是，当时中国产品口碑不好，给非洲人留下“价廉质次”的印象。

更早以前，“走出去”的中国企业，很多是抱着简单贸易的心态进入非洲市场。“赚快钱”的目的，使其不重视产品质量，久而久之让非洲人产生了不信任感。

而当传统贸易的利润逐渐变少，不少在海外的中国企业开始思索求变，打造品牌日益成为共识。

“不能有‘赚快钱’的心态。”俞卫国说，只有立足当地市场，从满足当地人实际需求出发，才能真正建立起品牌忠诚度。通过对非洲市场进行深入调研，传音创业团队了解到消费者在拍照、本地语言、用电等方面的痛点，并将其作为手机产品研发的方向。

产品有了，如何推广？通过不懈地奔跑，他们“跑”来了运营商和经销商，逐步搭建起销售网络。

对于当时的非洲人来说，买手机是一件“大事”，因此售后服务显得尤为重要。为此，传音又引入售后服务网络，不仅维修手机,还搭售配件,从而增强了当地消费者的安全感。就这样,口碑一点点积累起来,产品在非洲的认可度逐步提升。

“很多在非洲打拼的中国企业负责人，私下里交流时，都认为一定要在做品牌上发力。”传音东非地区部副总经理王翀说，单纯想靠产品差价和信息逆差赚取利润的时代，早已一去不复返了。

在埃塞俄比亚、肯尼亚等国家，记者看到，从“中埃友谊路”到非洲联盟会议中心，从“内罗毕—锡卡”高速公路到蒙内铁路，中国援建项目的质量和速度，都给人以惊喜和震撼。“非洲兄弟对‘中国制造’的改观，也多亏了这些鲜活的中国品牌。”王翀说。

在“中国制造”进入非洲之前，来自西方国家的商品大多价格太高。“我们以前根本买不起电视机。”肯尼亚广告商姆瓦莱告诉记者，随着中国家电质量越来越好，价格又较便宜，非洲人渐渐乐意购买“中国牌”。

分享机遇
和当地人一起创业

切好的月饼上桌了。2019 年 9 月 13 日恰逢中国传统节日中秋节，在位于肯尼亚内罗毕的传音分公司，几十名中非员工第一次共度中秋。记者在现场看到，两国员工们分享月饼，脸上洋溢着笑容。

这种场景在前些年是很难见到的。“这些年中国员工人数多了，当地人对中国节日和文化也越来越感兴趣。”传音员工张峰说。

“我喜欢这个味道，感觉就像妈妈做的食物一样！”尝了一口月饼后，肯尼亚员工辛迪亚开心地说，“我们不是简单地在一起工作，还有文化的交融。”

“你有没有觉得，月饼分着吃更甜！”在吃月饼时，张峰对旁边的同事说。

广东有句俗语：“独食难肥。”分享与合作，成为广东企业与非洲兄弟共同成长的纽带。

广东企业与当地人分享就业机会。2011 年，传音在埃塞俄比亚的手机工厂投产，雇佣大量的本地工人。目前该公司在非洲雇佣的本地员工比例超过 95%。

“由于劳动力过剩，供需不平衡，我们很难找到工作。”传音的埃塞俄比亚员工阿拉扎告诉记者，大学毕业后他曾有两年时间没有工作，靠家里补贴，现在有能力养活一家六口人。

广东企业与当地人一起创业。十多年前的一天，当姆瓦莱正在街上发广告时，碰到了同样背着包推销产品的王翀。两人简单交谈后，便有了第一次合作。

当时姆瓦莱的事业也刚起步，靠在出租屋的后院做各种展牌灯箱维持运营。“从那次相遇之后，我的命运就和中国企业交织在一起了。”姆瓦莱说。

从刚开始做宣传物料，到后来一起背包跑市场推销，姆瓦莱与传音的关系越来越亲密。不仅如此，如今姆瓦莱公司购买的 90% 的设备和材料都是“中国制造”，近 40% 的客户都来自中国。

伴随中国企业的发展，姆瓦莱的公司也跻身肯尼亚广告行业的前列。姆瓦莱说，自己在中国企业身上学到了先进的技术、创新的思维，以及平等合作的理念。“我们相互帮助、共同成长，实现了‘双赢’。”

克服困难
探索非洲生存之道

“在这里，如果你有机会吃中餐，一定要吃十二分饱。”

谈及早期在非洲的生活经历，俞卫国发出一句这样的感慨。

王翀也向记者“诉苦”。“刚来时，连吃一口中国大米都很难。”他说，非洲的整体生活环境相对不便利，也存在一些安全问题。

相较于个人生活，对于传音等中国企业来说，当地一些政策和制度才是更大的挑战。

“一些国家在新兴产业没有建立完善的政策、法律体系。”俞卫国举例说道，以前埃塞俄比亚对进口零配件要征收30%的关税，这让他们很难生存。

办法总比困难多。为了争取政策优惠，俞卫国邀请埃塞俄比亚相关部门、行业负责人到广东珠三角地区考察，让他们更加深入地了解当地工业、手机产业链的发展情况。

广东之行结束后，埃塞俄比亚相关部门决定大力发展手机制造业，并将零配件进口关税从30%降到0.5%。如此一来，埃塞俄比亚的中国制造企业卸下了一个“重担”。

中国企业出海，还会遇到法律、文化体系和管理理念等方面的冲突。“比如说中国的工厂讲究‘传帮带’的师徒制，在非洲很多地方是不适用的。”王翀告诉记者，还有一些国家的法律规定：如果企业要开除本地的员工，须在发过三次警告信后。

俞卫国认为，中国品牌本地化，最重要的是尊重。“尊重本地人的文化和习俗，遵守本地法律，这样企业在非洲才能规避一些风险，实现长远发展。”

记者在肯尼亚首都内罗毕看到，该市基础设施建设已较为完善，通信技术、共享经济等也发展较快。“肯尼亚推广4G技术也较早，如今正在迎接5G技术。”王翀说，未来在海外的中国企业将面临更多挑战和机遇。

对话

深圳传音控股股份有限公司副总裁阿里夫：

靠过硬的产品树起品牌口碑

在去非洲之前，南方日报记者在传音深圳总部专访了该公司外籍副总裁阿里夫。

南方日报：中国企业应该如何实现本地化？

阿里夫：在产品方面，要着重洞察当地消费者的实际需求。很多国际大品牌产品都是标准化生产，无法满足多元需求。而一个品牌要在当地扎根，就必须从消费者的痛点出发，满足其个性化需求。

同时，当地发展也需要培养人才，政府需要税收，人民需要就业。作为在海外的中国企业，要承担起社会责任，为促进当地经济社会发展、保障就业尽自己的一分力量。

另外，我们还要坚持合作共赢。如果不与当地人分享利益和机遇，“走出去”的企业是走不远的。

南方日报：你对中国企业在非洲的未来抱有怎样的期待？

阿里夫：我非常看好非洲的发展潜力和市场前景。从宏观环境看，非洲国家对“一带一路”倡议的支持，预示着未来非洲市场将更加开放、包容。这将为中国企业远赴非洲提供巨大的发展机遇。但我们必须看到面临的挑战。随着信息技术的发展，非洲也迎来移动互联网新浪潮，这对于手机制造业来说是挑战，同时也是机遇。在挑战中坚持下去，抓住机遇实现新的发展，是我们今后努力的重要方向。

记者手记

月饼分着吃更甜

刚到肯尼亚采访时，适逢中秋佳节，我们都是第一次在海外过中秋节，在思乡之余也感到新奇。

当地时间 2019 年 9 月 13 日下午 4 时，一场中秋茶话会在传音肯尼亚分公司鸣锣开场，几十名中非员工聚在一起，分食月饼、交流文化，不少非洲兄弟竖起大拇指，为月饼的美味点赞。这个场景让我们深受触动。对于在海外的中国人来说，圆圆的月饼包裹着浓浓的思乡之情；对于非洲兄弟来说，它承载着来自一个古老国度的灿烂文化。更为重要的是，这说明当地员工对中国文化逐渐认可和接纳。

月饼，分着吃更甜。

做月饼的是一家中国餐厅，如今，在肯尼亚、埃塞俄比亚等非洲国家，中式餐馆越来越多，中国美食渐渐受到非洲人的喜爱。由此想到，无论是中餐馆的月饼、火锅，还是中国企业援建的路桥、高楼，以及市场上的各类中国产品，都是中国的品牌。

让我们感到欣喜的是，这些年，中国品牌在海外的信任度正不断提升。我们既要看到中国企业对提升民族品牌影响力的孜孜以求，也要看到未来仍然任重道远。

埃塞俄比亚：“非洲屋脊”上的中国鞋厂

2019 年 9 月 9 日，埃塞俄比亚的新年快到了，弗雷泽下班后早早回到家，妻子为他端上了刚煮好的咖啡。在咖啡的香气中，他对现在和未来的生活感到满足，再过一段时间，他的孩子就要出生了。

8 年前，弗雷泽大学毕业后，进入广东企业华坚集团在当地的制鞋工厂工作；如今，他已是管理千余名员工的部门负责人。在这里工作，弗雷泽赢得了体面的生活，也打开了一扇了解中国的窗户，还收获了他的中文名字——“广州”。

近年来，越来越多的中国企业进入非洲投资建厂，将中国的资金、技术和工业化经验带到当地，为大量当地人就业打开大门。在这些中资企业里，非洲年轻人的成长通道被打通，对美好生活的期待与梦想也在萌发。

工厂开建到投产仅用 3 个月

2011 年 8 月，时任埃塞俄比亚总理的梅莱斯到深圳参加世界大学生运动会。此行，他还有更重要的目的：将中国合适的制造业企业“带”回去，帮助国家大量的失业人口。

这一建议源自于中国著名经济学家林毅夫。过去十年，林毅夫一直研究中国与埃塞俄比亚、越南等国家之间制鞋业成本与生产率的问题，他建议梅莱斯到中国的华坚集团转一转。

这一转，梅莱斯看到了希望。他向华坚集团董事长张华荣抛出了“绣球”，邀其到埃塞俄比亚看一看。2011 年 9 月，预想到“双赢”未来的张华荣赴埃塞俄比亚进行投资考察，并很快下定决心“进军”非洲市场。2011 年 11 月，华坚集团与埃塞俄比亚成功签约，并于次年 1 月正式开始生产。从工厂开工建设到投产，华坚仅用了短短 3 个月，创造了埃塞俄比亚的“华坚速度”。

工厂建成后，华坚开始在当地招聘工人，“广州”——弗雷泽正是在那时应聘进入的华坚鞋厂。“在埃塞俄比亚，大学毕业就意味着‘失业’。”“广州”说，即使是大学生，找工作也并不容易，像华坚这样的工作机会更是难得。

上千名当地人由此进入华坚鞋厂。如今的华坚已成为埃塞俄比亚最大的出口企业，每年生产 500 万双鞋出口海外，并为 6000 人提供了就业岗位……

“我是和华坚一起成长的。”“广州”说，他刚进入东方工业园时，华坚还在为正式投产做准备，由中国师傅教授当地员工学习制鞋的各道工序。2012 年 1 月 5 日，第一批女鞋在该厂顺利下线。看到那么漂亮的东西从自己的手中生产，他高兴得一夜难眠。

传授当地工人制鞋技能

“跑起来，快！快！”当地时间 2019 年 9 月 9 日 6 时左右，记者在华坚国际轻工业城的厂房门口看到，员工们成群结队、组织有序地进行晨跑锻炼。

“跑完后全身有劲，元气满满地投入工作。”“广州”说，起初埃塞俄比亚的员工容易迟到，后来工厂通过实施晨练、早会、点名、列队等制度，让埃塞俄比亚员工有了纪律和效率意识。

等到了开工时间，数千名当地员工身着制服，走上生产线，为一双双女鞋剪裁、缝纫、拉底、定型。在机器轰鸣的车间里，记者遇到正在指导工人制鞋的埃塞俄比亚小伙戴密斯。

戴密斯也有一个中文名——“上海”。8年前，他和“广州”一起从亚的斯亚贝巴大学毕业后进入华坚。如今，年轻的“上海”已是生产部主任，管理着1600名员工。

“工厂里的工人，对制鞋的每个流程都能上手操作。”“上海”告诉记者，只需要培训半年左右，工人就能独立完成制作一双鞋子的完整工序。

别看现在工人们有条不紊，早期由于工人经验缺乏，鞋子报废率较高。为此，华坚在技能培训方面下足了功夫，建立了专门的培训教室，由经验丰富的中方师傅手把手教学。对于表现优异的本地员工，还为他们提供去中国总部学习的机会。

“上海”和“广州”曾两次到中国，到东莞、赣州等地接受培训。其间，他们不仅系统地掌握了制鞋工序与技能，而且学习了中国企业的管理方法。

现在，“上海”和“广州”等优秀当地员工被委以重任，监督产品的制造，管理大批员工，保证生产线的顺利运转。

“这里的管理不能太严格，必须尊重、照顾当地员工。”张华荣回忆，不少员工进厂时营养不良，工厂就免费为他们解决一日三餐。还有员工住在附近的山坡上，根本没有条件洗澡，公司就挖深水井接通水管，修建多个洗澡房。

年轻人敢于追逐“非洲梦”

距离东方工业园七八公里处，就是“上海”的家：满目葱茏的院子、三居室的房屋、中式风格的装修，温馨而舒适。

三年前，“上海”靠在华坚打拼获得的积蓄，建起了这座房子。很快，女儿和儿子相继出生，一家人其乐融融。“现在，我一个月的工资可以养活一家人，还能补贴母亲。”“上海”笑着说，他和妻子穆丽叶毕业于同一所大学，是在华坚相识和相爱的。

在华坚，像“上海”这样的管理人员每月薪水相当于5000元人民币，即便是普通员工，收入也是当地平均工资的两倍。虽然，不是每个工人都能像“上海”和“广州”一样成长迅速，但这里的很多年轻人对未来生活充满憧憬。

中国企业带来的新技术正给埃塞俄比亚带来显著变化：短短两年，这里员工的制鞋技术已达到全球中等水平；该国有了完整的皮革产业链，“埃塞俄比亚制造”的鞋子销往海外……

华坚的实践，为这个非洲国家的工业化道路探索出一条可行道路。现在，该国正大力吸收劳动密集型和出口加工型企业入驻，渴望成为“非洲制造”的典范。

张华荣有一个宏大的目标：要在全世界最穷的国家解决10万人就业。2015年，华坚开始建设国际轻工业城，预计建成时将创造3万到5万人的就业机会。就在不久前，华坚集团又与埃塞俄比亚工业园区开发公司签署了协议，将接管中国企业承建的季马工业园的运营，助力园区服装、鞋业工厂落地，并新建咖啡加工厂等设施，届时将会提供更多的就业岗位。

对非洲人而言，在中国企业工作，也是一次深入了解和学习中国的契机。“我觉得我和中国有着特殊的缘分。”因深受中国文化影响，“上海”说话不时会蹦出几个中国成语和歇后语。闲暇时，他还会哼唱中国歌曲，炒几道如红烧鸡腿、麻婆豆腐等的拿手菜，俨然是一副“中国通”的模样。

2020年初，“上海”和“广州”将带领近百名埃塞俄比亚员工到华坚广东总部培训，为即将建设的新厂储备人才。“中国有句话，叫奋斗的人生才幸福！”“广州”振奋地说，希望未来埃塞俄比亚的年轻人都能脚踏实地，勇敢地追寻并实现自己的“非洲梦”。

对话

华坚集团董事长张华荣：

争取为非洲解决十万人就业

南方日报：当时华坚集团来到埃塞俄比亚投资建厂，是怎样的背景？

张华荣：多年前，我们刚到非洲投资时，很多人不理解。作为第一个“吃螃蟹”的人，华坚也是在困难中不断成长。

2011年8月，时任埃塞俄比亚总理的梅莱斯来中国访问。在经济学家林毅夫的建议下，他来到东莞考察了华坚集团，并邀请我去埃塞俄比亚投资。后来，我和几十名企业家一起组成考察团，在埃塞俄比亚考察了一周，通过和埃塞俄比亚方的多次沟通，确定了投资意向。

南方日报：刚在非洲创业时，也经历了一些困难吧？

张华荣：对，我们当时就是投石问路。为了解决当地运输成本高、员工工作效率低的问题，我们招聘了 100 多名埃塞俄比亚本地员工到中国接受企业文化和专业技术培训，并从广东直接运输相关原材料。不到 90 天，企业就开始生产，到 2012 年 1 月时已初具规模。

还记得 2015 年华坚国际轻工业城刚刚开工时，工厂里没有水也没有电。当时我就住在工棚里，没法洗脸、刮胡子，和大家一起打井，最长一次待了 40 天。

南方日报：未来，华坚集团在非洲市场布局中有何计划？

张华荣：最近，华坚集团正在布局季马工业园建设，计划着重于服装、木材加工、饮用水、咖啡等产业，将内需和外销结合起来。

非洲拥有丰富的劳动力资源、稳定的政治环境和诚信的政府，中国的供给侧结构性改革以及高质量发展同“一带一路”沿线国家和地区的发展是相吻合的。我希望，到 2030 年，华坚集团能为非洲解决 10 万人就业，与当地共享发展成果。

记者手记

中非员工“团结就是力量”

2019 年 9 月 9 日约 7 时 30 分，近 2000 名身着浅绿色统一制服的埃塞俄比亚工人跑步集合，准备参加华坚例行早会。

“立正！稍息！预备，唱！”随着口令下达，整齐而嘹亮的歌声响起，回荡在厂房上空。

“团结就是力量……这力量是铁，这力量是钢，比铁还硬比钢还强……”谁能想到，这首在中国耳熟能详的歌曲，竟能在相隔万里的东非高原上传唱。音乐无国界。歌曲传递的不仅是情感和旋律，还有文化与认同。

在华坚，我们看到窗明几净的工厂、整齐划一的流水线；我们听到埃塞俄比亚员工学习汉语，中国员工学习当地阿姆哈拉语。我们从员工脸上洋溢的笑容，感受到他们的幸福和满足。

如今，在埃塞俄比亚、在非洲其他多个国家，中国人的身影随处可见：开设餐厅、兴办企业、教育培训、医疗援助……他们将先进知识、技术和理念送到那里，助力非洲经济社会发展和人民生活水平提升。

歌以咏志，乐以抒怀。在这里，我们深切地感受到，乘着“人类命运共同体”的巨轮，中非人民相互尊重、合作共赢，正驶向共同繁荣的新天地。

视界

从“中国制造”到“非洲制造”

清晨，我们从埃塞俄比亚首都亚的斯亚贝巴城区驱车约40分钟，便来到一片群山环绕的开阔地带，在山路上继续行进，一座现代化的工业园区逐渐映入眼帘。

“团结就是力量……这力量是铁，这力量是钢……”早上7时半左右，在华坚国际轻工业城厂房前的空地上，参加早会的近2000名埃塞俄比亚工人齐声高唱这首中国歌曲，让我们耳目一新。

开工后，我们走进机器轰鸣的车间，看到数千名埃塞俄比亚工人在各自岗位上认真工作，剪裁、缝纫、拉定、定型……

一双双精美的鞋子被生产出来。这些“埃塞俄比亚制造”的鞋子将被销往欧美等海外市场，为这个国家换取更多的外汇，为这些工人赚得体面的收入。

埃塞俄比亚小伙“上海”和“广州”是其中的受益者。在华坚工作8年，他们不仅成长为骨干管理者，还住上新房，让一家人过上好日子。“中国有句话说得好：奋斗的人生才幸福！”“上海”兴奋地告诉我们，工厂里越来越多的年轻人开始追逐自己的“非洲梦”。

离开华坚国际轻工业城，汽车沿着中国援建的高速公路向南行进约半个小时，就来到埃塞俄比亚东方工业园。这是中国在当地的首个国家级境外经贸合作区，目前有超过80家中资企业聚集在此，行业涉及制鞋、汽车组装、日用化工、制药等，已提供上万个就业岗位。

我们走进力帆汽车的厂房，看到当地工人们在熟练地组装汽车、摩托车，如今，力帆牌出租车在埃塞俄比亚随处可见。在中资企业的启发和帮助下，埃塞俄比亚等国家大力发展汽车制造业，为“非洲制造”再增加一块“拼图”。

在这些中资企业承建运营的工业园里，我们看到了“一带一路”国际产能合作的缩影：中资企业建设厂房，带来先进的机器设备、制造技术和管理制度，促进当地经济结构转型升级；而当地丰富的自然和人力资源，支撑起企业的长远发展。

志合者，不以山海为远。近年来，华坚、传音、力帆等一批又一批中资企业远赴非洲投资建厂，为当地经济发展注入新动能。在非洲走访时，我们深切地感受到，当中资企业带着新型工业文明制造到来，当非洲国家敞开胸怀拥抱新事物、新变化，中非双方携手走出一条从“中国制造”到“非洲制造”的双赢之路。

华坚国际轻工业城的厂房内，工人正在生产线上认真作业

埃塞俄比亚首都亚的斯亚贝巴，传音新建造的工厂，一名工人正在检查产品

肯尼亚首都内罗毕，传音的专卖店里，销售员向客户介绍手机的自拍功能

中秋茶话会上，传音肯尼亚分公司几十名中非员工聚在一起，分食月饼。中方员工向非洲员工讲解月饼内的成分

阿联酋：民营粤企的中东创富经

2019 年中国国庆节期间，迪拜哈利法塔闪烁着鲜艳的中国红，以一场灯光秀祝贺中华人民共和国成立 70 周年。阿联酋粤商会副秘书长赖泽鑫在微信朋友圈转发了灯光秀视频，感叹："祖国是我们海外游子心中永远的港湾！"

阿联酋粤商会会长张钦伟 2001 年到迪拜时，阿全国华侨华人仅 3000 人左右，如今这一数字接近 30 万。粤商会的会员单位也已发展到 300 多家，大多数是中小民营企业。这些企业走出国门，如何适应当地市场和营商环境，谋求更好发展？

"十一"前夕，南方日报记者随粤商会走进阿联酋手机批发城、龙城市场等地采访发现，在中阿友好关系和"一带一路"倡议的时代背景下，来自广东的民营企业家凭借敏锐的市场嗅觉、齐心的抱团发展和敢闯敢试的创新精神，书写着一个个精彩的奋斗故事。

用"广货"抢得市场先机

"这是最新款的智能手机，定位中低端市场，功能齐全，物美价廉。"

时间已是晚上 9 时，位于迪拜木须巴扎的阿联酋手机批发城仍人流如织，在钟楚典的小米手机专营店内，店员正向采购商介绍新款手机。由于当地气候炎热，大多数市场下午4时后才开始营业，这条街通常要忙到凌晨。

钟楚典一口潮汕乡音未改，其实他来迪拜打拼已经13个年头了。早在1995年，他便在深圳代理外国品牌的手机，后来建起自己的手机工厂。

“来自迪拜的订单快速增多，这引起了我的注意。”钟楚典说，阿联酋本身人口不多，为何市场需求这么大？他很快到迪拜实地考察商机。

原来，地处东西方交流咽喉要道的迪拜，不仅是阿联酋的贸易中心，更是中东地区最重要的贸易枢纽之一，当地商人将货物销往中东其他国家甚至非洲地区。而当时迪拜手机市场的经营者并不多，华人经营者更是只有3人。

多年经验让钟楚典意识到，抢占迪拜市场刻不容缓。于是，物色店面、办理手续……历经1年多周折，钟楚典于2006年在迪拜设立了第一个销售点。

经历10余年发展，如今，钟楚典在迪拜的手机贸易公司月销售额可达1亿美元，平均每天卖出手机6000余部。他还在加纳、多哥、尼日利亚、科特迪瓦及肯尼亚等非洲国家开设分公司，以迪拜为基地，将业务辐射了整个中东地区，乃至非洲、南美洲。

敏锐的市场嗅觉，灵活的经营战略，让像钟楚典这样来自广东的中小民营企业家早早地“走出来”，而市场也“奖励”了这批先行者。

早在钟楚典进驻迪拜的5年前，同样来自潮汕的张钦伟已经先行一步。彼时，广东民营经济异军突起，生产能力日益增强，物美价廉的“广货”颇受当地青睐。

2001年，张钦伟在木须巴扎租下一个不到10平方米的店面，推销家乡生产的内衣等服装产品，敲开了当地市场的大门。赚得“第一桶金”后，张钦伟注册成立了“好来头”内衣公司，事业蒸蒸日上，最多时一年有150个集装箱的订单量。

成立粤商会集聚优势资源

在迪拜城东，有一座在沙漠之中兴建的大型中国商品市场Dragon Mart，中国人称之为龙城市场。从高空俯视，这是由2节“龙头”、11节“龙身”、1节“龙尾”组成的建筑群，透光玻璃钢拱顶，两旁是金属鳞片，恍若一条闪光的巨龙。

我们走进龙城市场，服装、电子产品、卫浴等各类店铺令人目不暇接，招牌夹杂着阿拉伯文、中文，经营者多是华人。商场内甚至还有奶茶店、中式小吃铺，吸引着各色皮肤的客商驻足品尝。

阿联酋粤商会副会长黄泽浩在这里经营多家服装、家居建材商铺，记者随他走进其中一间由他岳母负责的窗帘店时，来自埃塞俄比亚的客商正在选购窗帘产品。他介绍说，龙城市场是目前迪拜最多中国人聚集的地方，共有5000多家中国商铺，是中国企业到阿联酋发展的第一站，也是适应和开拓中东市场的“跳板”。中国商人经营灵活，比如窗帘可以按要求缝制好，这令非洲客商特别满意。

拧成一股绳，齐心谋发展。在龙城市场，包括广东企业在内，来自中国全国的各类小企业形成强大的集聚效应。这里经营着数万种中国产品，每天客流量超过1万人，周末甚至达到几万人。人流如织带动货如轮转，这里已经成为中东地区最大的中国商品贸易枢纽，年贸易额达到数百亿美元。大量的中国货从这里进入迪拜，再辐射至整个中东市场。

除了实体上的集聚，“走出去”的民营粤企还建立商会，抱团发展。

2010年，在广东省政府、广东省贸促会、中国驻阿使领馆和阿联酋有关部门的支持指导下，旅居在阿联酋的广东侨胞和企业成立了阿联酋广东商会（今称“粤商会”）。

担任会长的张钦伟，致力于将粤商会打造成为抱团经营的平台，同时响应“一带一路”倡议，为更多广东企业创造“走出去”的机会。不少刚到迪拜创业的会员，正是在该会的帮助下站稳脚跟。

张钦伟还记得，在阿联酋手机批发城刚开业不久，就有一位潮汕年轻人主动找上门，希望可以在批发城设店创业。商会评估其状况后，协助他注册公司，当地潮商为他让利供货，帮他打开局面。

类似的案例还有很多。“如今粤商会会员单位已经发展到300多家，成为集聚在阿的广东优势企业资源的重要平台。”赖泽鑫说，商会将粤企力量凝聚起来，开拓当地市场的步伐更加稳健。

将网络电商新模式引入迪拜

记者走进高耸入云的哈利法塔时，侨胞们自豪地介绍说：该塔铝型材来自一家广东企业——兴发铝业。记者参观了位于114层的办公楼，该楼层整层都是由中资开发商租下的，正在运营当地最具智能化的高档房地产项目——兰博基尼未来城。项目部负责人陈冠铭告诉记者，项目从智能设计到智能家居、智能门锁以及高级建材等，许多来自中国特别是广东，颇受客户青睐。

随着金融业、商业和旅游业日趋繁荣，阿联酋近年迎来建筑热潮，建材市场需求明显增长。借着“一带一路”的东风，有着较大竞争优势的广东建材企业越来越多地进入阿联酋市场。兴发铝业、联塑、南玻……它们的产品凭借过硬的品质甚至可享免检待遇。

建材产品如一个缩影，印证了走出去的粤企从经营物美价廉的“中国制造”向主打品牌战略转变。

钟楚典对此感触颇深：“时代在发展，产业要转型，手机从以前的‘山寨机’转向‘中国智造’‘广东智造’，才能有更广阔的市场。”他所代理的华为、小米等中国手机品牌在当地前景广阔。

还有广东企业家不满足于代理销售，研发了自己的品牌。阿联酋粤商会常务副会长冯秋钦便创立了OALE（欧乐）手机，有针对性地根据当地特点开发新的功能，例如强化对阿拉伯语、法语等多语种应用的支持，深受客户欢迎。

不仅输出商品，粤企更输出先进的经营理念和模式。

在泛家居产业，总部位于佛山的联塑集团旗下星迈黎亚公司，正在将“淘宝式”的购物体验引入中东。记者在位于龙城旁的星迈黎亚迪拜商城工地看到，施工正在紧张进行。按照星迈黎亚总裁张颖珐的设想，这里将打造为建筑面积超15万平方米的泛家居产品商城，主要作为线下体验中心，更多的业务来自客户线上的采购。

“借助大数据分析，我们将帮助客户更精准地选择产品，同时，凭借配套建设的6万平方米仓储物流系统和跨境代运营服务，将产品送到中东各个国家的客户手中。”张颖珐说，这种在当地全新的销售模式，令客商十分关注。

对话

阿联酋粤商会会长张钦伟：
向世界亮出广东品牌新形象

作为旅居迪拜18年的华商，阿联酋粤商会会长张钦伟10月1日应邀赴京参加了庆祝新中国成立70周年盛典。今天回忆起来，他仍激动得热泪盈眶。

“国家的强大也给了我们在海外更好发展的底气和信心。”张钦伟觉得肩上担子更重了，同时又充满干劲。结束北京的行程后，他马不停蹄地赶回迪拜，继续履行好会长职责。他介绍，商会成立9年来，已成为广大粤商进军阿联酋市场的桥梁，先后帮助东莞慕斯等公司落地迪拜。仅2017年，粤商会就帮助超过100家广东企业到阿联酋投资，带动广东产品出口约达30亿元。

“近年来中国企业投资阿联酋的项目集中于新能源、医药、教育、农业、房地产、商业地产等领域，投资规模扩大，我们将继续关注广东企业投资的需求，提供支持，促进广东与阿联酋两地的经贸发展。”张钦伟说，粤商会将继续凝聚粤侨力量，向世界亮出广东品牌新形象。

他认为，粤商会有责任和义务与商会成员、旅阿华侨华人一起抓住"一带一路"的机遇，全方位拓展各类行业，做大做强，带领更多广东的企业走出来，推介更多的迪拜、中东知名企业赴华投资，助推两国经贸文化发展，为"一带一路"作出积极贡献。

张钦伟还特别提醒，2020年世博会将在阿联酋举办，粤商可通过这一平台加强与世界各国尤其是"一带一路"沿线国家在经济、人文、科技等方面的交流，熟悉各国法律、法规和风土人情，同时了解企业产品在国外能否适销对路。"各国将在此平台上提出新的技术、新的产业发展思维等，对企业来说将是一次很好的展示与学习机会。"他说。

记者手记

一壶工夫茶，齐心谋发展

临近中国国庆的夜晚，在以华人经营者为主的阿联酋手机批发城内，许多店面都贴上了五星红旗。我们走进陈俊雄专营手机配件的店铺时，他正热情招呼着非洲客商。

店铺并不宽敞，除了展示产品、洽谈生意外，还有相当部分要用来存放货物。即便如此，陈俊雄还是在小阁楼上辟出一隅，一张茶几，一套茶具，这便是每晚他会客的地方。

陈俊雄戏称："店里每天晚上都要开'茶话会'，其实就是忙生意的老乡过来聚一聚，聊聊最近生意有什么新苗头？国内又开发了哪些可以引进的新产品？"在工夫茶香和潮汕话音里，新的经营思路和合作也许就碰撞出来了。

陈俊雄不过到迪拜5年，已经建了800平方米的仓库，业务辐射至中东和非洲国家，平均每个月可销售 300 万块锂电池，手机配件年销售量达 500 个集装箱。

“一是吃苦耐劳，二是敢闯敢干，三是抱团互助，共同创富。”他这样总结潮商的特点。

在距离陈俊雄店铺不足百米，有一家无名的潮汕小餐厅，被手机城的潮商称为“自己人的食堂”。牛肉丸、卤鹅……食堂里的潮汕口味也将潮商拉得更紧。

迪拜龙城市场鸟瞰

迪拜龙城市场内的商铺

位于阿联酋手机批发城的 OALE 手机专卖店

苏里南：广义堂的“中国结”百年不褪色

在靠近大西洋出海口的南美洲大陆北部，有一个不太起眼的国家，叫苏里南。尽管距离中国有 1.7 万公里，但早在 166 年前，就有华人漂洋过海来到这里。

在首都帕拉马里博，从马丁街北向南走，一直到街道尽头，会看到一座高大雄伟、极具中华传统特色的建筑物，这就是广义堂，一座有着 139 年历史的“百年老字号”。在历史上，广义堂发挥过不同的功能：宿舍、敬老院、邮政地址、电影院、办红白喜事的礼堂……今天的广义堂，仍然是华人社交和文化中心。

排忧解难
华助中心成侨胞温暖之家

得知有广东的媒体记者前来采访，池玉基老人兴冲冲地前来与我们会面。80 岁的池老是深圳宝安人，说一口地道的粤语。他很小就来到苏里南，在这里生活了 60 年。他当过 15 年广义堂的堂长，从堂长位置退下来后，由于德高望重，又热心侨团事务，每有大事，大家还是会出来请他协助主持大局。

“你们知道最早华人是什么时候来苏里南的吗？ 166 年前！”池老一边说，一边翻开手上的史料。根据留存下来的资料记载，1853 年，华人在印尼爪哇签订了合同后就来到苏里南，从事开荒耕种、工厂苦力，工作累，待遇低微。合同期满后，有人选择回国，也有人留了下来。

那时候，合约劳工来到首都购物和办事，很难找到住宿的地方，于是，就有同胞在唐人街开了一间侨团和俱乐部供侨胞暂住，也方便一些来看病的华人。久而久之，从中国寄来的信件，也可以寄到这个地址。这个侨团，就是广义团的起源。

后来，来苏里南的合约劳工越来越多，俱乐部空间太小，侨团就通过筹款和募捐，在苏菲列芒街和那底马街角位购买了 4 块土地，建成了广义堂，成立的那一年是 1880 年。

“广义堂这座建筑曾经历过火灾，不过重建后仍然按照原先的设计和模样修建，现在是苏里南的国家保护文物。”池老介绍。

值得一提的是，苏里南海外华侨华人互助中心（下称“华助中心”）就设在广义堂。该中心 2015 年 8 月揭牌，是国务院侨办在 18 个国家会同当地华人社团建立的首批海外华助中心之一。“华助中心是国侨办海外惠侨工程的一项内容，广义堂能成为首批其中一家。”池老告诉记者，华助中心积极开展敬老、扶弱、助残、救急等活动，为侨胞排忧解难，维护侨胞合法权益。“华助中心就是华人的家，广义堂就是侨胞的家。”

在苏里南，中国驻苏里南大使馆会对中国公民和机构提供多种联系方式，除了当地报警电话、使馆领事保护电话，还有广义堂华助中心的电话，可见广义堂在当地的影响力。

广义堂旗下还有一份创办于 1972 年的华文报纸《洵南

日报》，自购机器设备、自聘编辑员工，就这样办出了一份以华人为主要读者对象的报纸。至今，这一份报纸成为当地华人日常生活中必不可少的一顿“资讯餐点”。

除了报纸，还有电视台。2008 年，苏里南中文电视台开播，这也是加勒比地区唯一一家中文电视台。台长陈舜军介绍，除了编辑制作华人关注的中文节目之外，还转播央视中文国际频道节目，节目丰富多彩，在当地广受好评。

广义堂还建有旅苏侨胞最大的综合文体设施——白莲花体育中心，篮球场、网球场、游泳池等活动场地设备一应俱全，大大方便了当地华人华侨。

办学兴校
“有驻华大使在这里学中文”

在广义堂所属产业中，中文学校开办时间颇长，有 20 多年历史，目前在校生有 300 多人，有青少年，也有成人学生。“当年资金、条件和师资都十分匮乏，但我们的先辈很执着，坚持要传承中华文化，让下一代了解自己的根在哪里。”中文学校校长林少波说。

中文学校由广义堂理事会直接管理，运作井然有序，教学成绩斐然。“有驻华大使的中文都是在这里学的。”林少波说。

48 岁的司道来自印度，出生在苏里南，是一名警察。他会说 6 种语言，其中包括中文。“我在广义堂学中文已有 14 年了。”谈起当初学中文的动力，司道笑着说，“因为我太太是中国人，但她在苏里南出生，不会说中文，又很忙，所以我先学，回去再教她。”

中文学校的老师，既有自聘的，也有国家汉办外派的老师。钟玉华就是其中一位，她外派教学经历丰富，曾在约旦教过 3 年汉语，到苏里南也快两年了。

钟玉华特地从国内带来了很多毛笔、水写布等，教孩子写书法、画画。遇到传统节日，她还会组织一些活动，并用手机录下来发给学生、家长看。“文化活动是一种更生动的记忆，这对孩子们来说记忆会更深刻。”钟玉华认为。

立场坚定
侨团中率先竖起中国国旗

侨胞身在海外，心系中国。广义堂支持祖国和平统一，在反对“台独”的行动上立场坚定，是苏里南第一家竖起中国国旗的侨团。

记者在广义堂史料上看到这样一段记载：“1937 年以来，在遥远的彼岸，故乡陷落，亲人音讯杳然。华侨变成了失去母亲的孤儿，国内同胞打豺狼，海外侨胞也帮忙来了！他们踊跃发起捐款，并且取得政府许可，设法在国际银行汇款回国。同时，以侨胞名义发表声明，誓死支持祖国抗战到底，反对帝国主义侵略！”

侨胞发出的这番响亮声音、作出的这个浩然义举，得到了苏里南各族人民的支持。广义堂的理事们告诉记者，当时广义堂联合了中华会馆、华侨商会等侨团，全力以赴，按月捐款、按月汇出，仅当时的统计数字就超过了 6 万英镑，以当时旅苏的侨胞人数来说，这个数字是庞大的。14 年抗战胜利的消息传来后，“炮竹连天，花车游行，舞龙舞狮，锣鼓喧天”，不少外国人士也被感染并加入欢庆行列。

正是当年抗日救国捐款的精神传承，这种做法一直延续到现在。如今，当中国有自然灾难发生，广义堂都会迅速行动起来进行捐款。“广大侨胞无论离开中国多远、多久，思念和热爱都是绵绵不绝的，这就是血浓于水的情感。”池老说着，眼里泛着光。

对话

中国驻苏里南大使刘全：

华人对当地经济发展起到很大作用

南方日报：华人在苏里南的历史悠久。他们对当地经济和社会发展起到怎样的作用？

刘全：华人是最早来到苏里南的族群之一，目前约有 3 万—4 万人，占总人口比例较高。华人开商店、做零售，给这里的民众提供了方便，也为社会作出了重大贡献。广东华人来得最早，做得也很成功，除了开店，还有从事医生、会计、黄金买卖等行业，覆盖领域很广。华人的子女普遍接受不错的教育，工程师、律师等职业都有华人的面孔。

南方日报：据了解，苏里南是南美第一个将春节定为国家法定假日的国家。

刘全：对！在南美地区，苏里南将春节定为法定假日广受好评，也是苏里南对华人族群作出突出贡献的肯定。这件事就是由广义堂推动的。广义堂是这里最早的社团，非常团结，也很有实力。

南方日报：能否介绍一下中苏两国经贸情况？

刘全：2018年两国贸易总数不大，但增长很快，增速超过30%。其中，中国从苏里南进口额增长102%，主要是鱼类、木材等。去年第一届进博会，苏里南贸工部就有组织企业代表参加。中苏在很多问题上立场相同，是“南南合作”的典范，苏里南非常赞成“一带一路”倡议，愿意与中国共同发展。

南方日报：促进两国交流，文化很重要，在这方面，使馆开展了哪些重点工作？

刘全：过去苏里南人对中国了解不多，这些年认知变化很大。跟他们聊天，我能明显感觉到，他们对中国的认识越来越深刻，觉得中国有很多值得学习的地方。我们使馆正在推进一个项目“血脉相连”（Chinese in me），因为留意到早期华人跟当地通婚现象非常普遍，融合非常深。为此，接下来我们打算做两件事：一是办图片展，展示历史上华人与当地人的融合；二是以“我眼中的中国”“我喜爱的中华文化”等为主题开展征文比赛，我们还将根据活动评选出的获奖者组织一个寻根团，带他们回中国、到广东看看。

记者手记

给在外漂泊的游子一个港湾

166年前，首批契约华工乘船来到苏里南，成为这里首批真正意义上的外来移民。游子天涯，去国何止万里！在外漂泊的游子，需要一个可以依靠的港湾，应运而生的广义堂，就扮演起这样一个角色。

为了帮侨团筹措资金解决融资困难，就设慈善互助月会；为了让更多华人及子弟学习中华文化，就办中文学校、报纸、电视台；为了方便华人购物生活需求，就建唐人街市；为了丰富侨民的体育文化生活，就办白莲花体育馆……139年来，广义堂始终信守它的承诺——服务侨胞、爱国爱侨。

今天，当我们再次走进广义堂，尽管时过境迁，物是人非，但依然能从那古韵悠然的飞檐斗拱中感受到浓浓的中国风，从满壁图文介绍展示中读懂先人奋斗不易，又从今人质朴诚恳的讲述中，听到已跨过百岁之坎的广义堂对现状和未来的思索。

传承与创新，始终是一个亘古的命题。对广义堂而言，便是服务广大侨民，联结族群情谊，并通过不懈努力让更多“侨二代”“侨三代”不忘中华民族之根，弘扬优秀传统文化，诚如其堂名所述——“广联声气，义冠华洋”，这就是一个百年老侨团不褪色的“中国结”。

肆

在中国施展才华

南岭寒风烈，岭南寒梅艳。在新中国成立70周年之际，我们赴北京、上海和广州，专访了3位早年从香港回来的粤籍院士，以及3位与广东密切相关的侨界人物。

他们因日本侵华战争而颠沛流离，从香港逃难回到广东，终于迎来人民当家作主的新时代。他们与新中国一同成长，与改革开放一同发展，以自己的才智和勤奋，为中国的科技发展和中华民族的富强作出巨大贡献；他们各自有着不凡的人生经历，不仅折射出新中国成立以来的峥嵘岁月，亦彰显华侨华人和归侨为中国革命、建设和改革作出的重要贡献。他们的圆梦经历，是中国人民将实现国家富强与个人理想结合的范例。

叶叔华：仰望星空七十载

人物简介：

叶叔华，1927 年生，广东顺德人。天文学家，中国科学院院士，第一届全国十大女杰。

20 世纪五六十年代建立并发展了中国的综合世界时系统。20 世纪 70 年代早期，推进有关新技术在中国的建立，负责中国甚长基线射电干涉网的建设。20 世纪 90 年代开拓天文地球动力学研究，负责“现代地壳运动和地球动力学研究”攀登项目并取得了重要成就，发起和创建“亚太空间地球动力学”国际合作项目，担任首届主席。1985 年当选英国皇家天文学会外籍会员。1988—1994 年当选为国际天文学联合会副主席。

叶叔华曾任中国科学院上海天文台台长、中国科协副主席、上海市科协主席、全国政协委员、上海市政协副主席，以及连任三届全国人大常委，上海市人大常委会副主任等职。1994 年经国际天文学联合会有关委员会批准，紫金山天文台把该台发现的小行星 3241 号命名为“叶叔华星”。

在浩瀚的苍穹，有一颗名为“叶叔华星”的小行星在太空遨游。这颗星，将一名女天文学家与她毕生仰望的星空紧密连接在一起。

68 年前，叶叔华离开香港来到上海，开启“追星”路。从确立“北京时间”标准到推动我国 VLBI 技术（甚长基线干涉测量技术），从开创我国天文地球动力学研究到倡导建立“亚太地区空间地球动力学计划”，如今已过鲐背之年的她依旧在漫漫星路上探索未知。

“虽然年纪大了，但我还想做两件事，一个是 SKA（平方公里阵列射电天文望远镜）到中国来，另一个是在空间里搞两个 VLBI 卫星。”叶叔华说，这既是她的个人梦，也是中国的天文梦。

“还是要回内地搞天文专业”

和叶叔华在中科院上海天文台的食堂吃完盒饭后，记者跟随她来到了办公室。如山的书将办公桌周围填得满满当当，茶几上放置着珍贵的月球仪，上面刻着的赠者名字令人惊叹：绕月探测工程总指挥栾恩杰、总设计师孙家栋和总工程师欧阳自远赠。

1927 年出生的叶叔华，如今行走间步履稳健，谈笑间思维敏捷。她幼年时因战乱所迫，随家人辗转至香港和粤北多地，在逃难途中念完小学和中学。

时隔多年，叶叔华清晰地记起在乐昌韶关读华侨第三中学时的点点滴滴。“当时的教室由竹片搭成，宿舍是一个大竹棚，吃的是红米饭和眉豆。隔十天能吃宽如手指薄如指甲的一片肉，就已经非常满足。但这并没有影响我读书，成绩总是名列前茅，所以那时候觉得自己无所不能。”她笑着说。

1945 年，叶叔华高中毕业，选择了中山大学数学天文系。“其实我最喜欢的是古文，但父亲坚决不同意，要我学医，在双方妥协下，我选了自己也很喜欢的数学。”她回忆道。

进入大学后条件仍然艰苦，开始时学生们就坐在小板凳上听课。所幸教风民主，教师敬业，她选定了天文学为自己的发展方向，并找到了同心同德的爱人。

1949 年，叶叔华与丈夫毕业后，在香港的一所中学当老师。尽管生活稳定安逸，但她们心里对天文割舍不下。“我还是要回内地搞天文专业。”叶叔华和丈夫不久便告别父母北上。

1950 年暑假，她们满怀期待来到南京，希望到紫金山天文台工作，但回答是只招一名男性。“当时自己很不服气，给台长写了一封长信，列出了天文台应该招聘我的五大理由。”她笑称。

她的执着和努力，终于有了回报。1951 年，她进入紫金山天文台接管的上海徐家汇观象台，从事时间测量工作，丈夫则成为复旦大学数学系的教师。

负责建立中国世界时综合系统

在外行人看来，恒星观测是一件浪漫的工作，实际上却“很呆板枯燥”，叶叔华说，不仅是人生地不熟，更主要是工作刻板，因而一度感到失望。

当时徐家汇天文台只有 4 名工作人员，每天要发布 2 次时间讯号。台里还有一个不成文的规定，只要不是阴雨天气，哪怕是大年初一，也一定要有人观测。

天文台观测室的屋顶可以移动，天一黑，就得将屋顶打开，让其散热减少热辐射影响。叶叔华说，到了冬天，即使手脚冻得发麻，也不能戴手套，否则就会影响望远镜的操作。一入夏，蚊虫经常来干扰。有时，明知有蚊虫叮在脸上，也只能先忍住，因为观测时眼睛和双手都很忙。

新中国成立初期，各项建设急需全国的精密地图，而地图测绘需要有世界时服务。当时全国只有徐家汇观象台从事这项工作。作为世界精度联测的三个基本点之一，其设备却已陈旧落后，工作水平常在国际合作圈之末。

1954年，国务院要求中国科学院做好时间工作。次年，从紫金山天文台调来业务领导，人力与设备逐步改观，到1957年，添加大型石英钟组之后，时号发播已达到国际先进水平。当年科学院召开的时间工作会议，确认时号发播精度已可用，但需要在国家中西部建立新的时间服务台，以保证西部测绘工作都能收到时间讯号，还要增加各天文台的测时工作，建立中国的综合世界时系统。

会后，徐家汇天文台的老一辈骨干被调往北京、西安建立新的天文台，世界时综合系统的工作，就由叶叔华承担。

1958年，叶叔华小组利用当时紫金山天文台和徐家汇观象台的天文测时，经过几个月的精确测算，终于找到了适用的数学模型。

“你只要有一点点疏忽，数据上就会产生很大的差异。”面对这样一份近乎枯燥的工作，叶叔华和同事们投入了极大热情。后来，随着观测台站陆续加入和先进观测仪器增多，从事世界时工作的人员越来越多，我国世界时综合系统也日渐完善。

据叶叔华介绍，到1963年我国世界时综合系统的精度已达世界前列水平；1965年下半年，经过国家鉴定由科技部公告，中国综合世界时系统成为国家世界时标准，供各方面使用。我国的综合世界时工作沿用原来的方法，一直都保持世界先进水平。

“遇到好时机，就要坚决抓住”

20 世纪 70 年代初，刚从牛棚出来的叶叔华关注到甚长基线干涉仪技术。当时，国际上正掀起对空间领域的争夺战，对空间测量精度有着更高要求。

“有好的时机在眼前，为什么不抓住呢？”叶叔华说，VLBI 能让测量精度一下提升几个数量级，于是她建议开启射电望远镜这一新领域的研究，得到了中科院的支持。

然而，开始一项新技术研究何其难？电子元器件、测量仪器的缺乏，对新技术没有经验，科研经费不足……这些都是必须解决的问题。

“我胆子大，什么也不怕地往前闯。”叶叔华说，她一边前往国外学习先进经验，一边邀请国际著名专家来华讲学，促使上海天文台利用新设备、新手段与美、日、俄、英、法、澳等国进行了一系列国际合作与研究项目，推动 VLBI 课题的研究。

1987 年，25 米射电望远镜终于在上海建成。次年，该望远镜参与了美国 NASA、欧洲网及中日 VLBI 合作项目等国际联测，在国际上引起广泛关注。1994 年，乌鲁木齐的 25 米望远镜也落成。

能不能让射电望远镜的口径更大，测量得更远更精准呢？叶叔华又在寻找新的目标和机会。

国家探月计划之初，叶叔华和上海天文台同人，建议用VLBI网支持飞船定轨，获得成功。2008年1月，上海市领导接见参与嫦娥一号卫星任务的人员，她提出建设更大口径射电望远镜，该建议被采纳，成为中国科学院与上海市的合作项目。

2012年，这台名为天马望远镜的65米口径射电望远镜建成。作为亚洲第一，世界第三的射电望远镜，不仅圆满完成了嫦娥的测轨任务，也在国际VLBI网中发挥着主力作用。2019年，65米射电望远镜被评为上海市科技进步特等奖。

老骥伏枥再出发

2019年92岁的叶叔华，担任上海天文台的名誉台长，每天她都坚持到天文台上班，还向青少年作科普报告。接受采访当天，叶叔华还要参加几项会议议程，充实而忙碌。

“我还想继续做一些事。”叶叔华说，目前中国参与了多个国际合作项目，其中对SKA（平方公里阵列射电望远镜）尤为关注。

“简单地说，就是一个接收面积达到1平方公里的射电望远镜阵列。”叶叔华笑着说，2019年3月，中国作为七个发起国之一，在罗马签订了“罗马合同”，标志着SKA项目的开始。

她告诉记者，SKA有很多研究目标，比如引力波、地外文明、宇宙磁场等，有的和理论物理的研究直接相交，还有很多和人类“从哪里来，到哪里去”有关。

SKA观测到的海量数据需要有区域数据中心来接收，再把数据转化成科学产品，供科学家分析使用。因此，她希望“在上海建设一个数据中心，为中国科学家和亚太地区科学研究服务”。

另一个项目，是在空间放两个口径30米的射电望远镜，既可以在空间作VLBI观测，又可以和地面的SKA、FAST（500米口径球面射电望远镜）等大型射电望远镜联合，成为VLBI网，这是天文开创性的工作，正在努力争取之中。

提及心中的另一个牵挂，是在建的上海天文馆。这是上海科技馆的一个分馆，是国际级的大型天文馆。天文馆土建已竣工，两三年后就能开馆，将展示出世界以及我国天文的最新成就。

“我希望在有生之年，能看到这些愿望成真。”叶叔华说。

对话

叶叔华：只要坚持，就能做到你想做的

南方日报：新中国成立后，您本来在香港有稳定的工作，却毅然选择回到内地？为何会做出这样的选择？

叶叔华：我大学毕业时，广东和海南还没有解放。我们就到香港一所中学教书，收入不低，与父母在一起，可以说是“衣食无忧”吧，但我们俩总想着学天文的应该搞天文。香港没有搞天文的环境，我们就要回内地，到新中国开展事业。回来后收入虽然少了好多，但我们很满足。

南方日报：我们发现，您是一个特别善于把握机遇的人？

叶叔华：我觉得之所以能把事情做成，靠的是幸运和决

心。只要有机会，就要坚决地抓住它。

办一件事，如果只有四成的把握，而你停止在这里不动，也就会慢慢变到两成，最后就是零。如果你是积极争取，可以将其变成六成、七成，最后就搞成了。所以有的项目，一开始人人都以为搞不成，我就要试一试，闯一闯，结果得到的支持越来越多，就办成了。

南方日报：您认为女性和男性相比，在从事科学研究是否会面临更大的挑战？

叶叔华：并没有。所有的东西都是要靠自己拼出来的，和性别没有关系，只要坚持，就能做到自己想做的。

其实，在科学领域，女性有着细致、敬业的先天优势，只要锲而不舍地去做，总会有成就。

陈灏珠：把个人梦融入中国梦才有大方向

人物简介：

陈灏珠，1924 年生，广东新会人。1997 年当选中国工程院院士。

1949 年毕业于前国立中正医学院，获学士学位。曾任上海市心血管病研究所所长、中华医学会心血管病学会副主任委员等职。现任上海市心血管病研究所名誉所长。

陈灏珠在内科领域特别是心血管病的临床方面造诣很深。率先做选择性冠状动脉造影手术和血管腔内超声检查诊断冠心病；率先用电起搏和电复律治疗快速性心律失常达国际先进；对我国心血管病介入性诊断和治疗技术的发展起了推动作用。率先研究用活血化瘀法治疗冠心病并阐明其原理。在国内外首先应用超大剂量异丙肾上腺素救治奎尼丁引起的致命性快速室性心律失常成功并推广应用。

陈灏珠曾获国家科技进步二等奖 2 项，全国科学大会重大贡献奖 2 项，部省级科技进步和教学成果一等奖 8 项，获 2009 年度上海市科技功臣奖。

复旦大学附属中山医院，一早便人流如梭。95 岁的陈灏珠缓缓走来，他银发白眉，温文儒雅。

76 年前，他在战乱中从香港逃离，后踏上从医之路。新中国成立后的 70 年，是我国现代医学尤其是现代心血管病学的重要发展阶段；而从医 70 年的他，被誉为我国心血管病介入性诊治法奠基人之一。

陈灏珠谈到这些淡然一笑："医生这一行不进则退。我现在年纪大了进步慢，但还有好多问题要和年轻人一起解决。"

谈及健康与养生，陈灏珠白眉一动，称一是要有宽阔的胸怀，二是健康的饮食起居习惯，三是适量的体育锻炼和适当的业余爱好。

忆求学：大学是流亡的 5 年

逃亡，是陈灏珠成长中的一个关键词。

1924 年，陈灏珠在香港出生，父亲常年在外奔波。"无论是做人还是做学问，母亲给了我很大影响。"他记得，小时候背诗文，不识字的母亲会在一旁听着。虽然，他背错了母亲也不知道，但她的认真执着深深影响了陈灏珠。

在 15 岁那年，母亲患高血压突然去世，陈灏珠第一次感受到生命的脆弱。"当时很多病都没法治"，他说，这也是他走上学医之路的原因之一，"希望尽可能延长人的生命"。

1941 年，日军的战火蔓延至香港。陈灏珠回忆说："我在家每天都能听到炮火声。那时候，日子过得很紧，每人每月只限定分配 9 斤 8 两米，不得不用树叶、树根和番薯藤充饥。我真的体会到什么是国破家亡。"

在随后的两年，父亲带着几个孩子，从香港逃往家乡——广东新会，不久又逃往韶关。他们晚上乘船，白天步行，翻越山路，一路要冲破日军多道封锁线。

1943 年，陈灏珠以全校第一名的成绩，从韶关琼崖中学粤北分校毕业后，陆续收到三所大学的录取通知书。他选择了中正医学院，从此踏上从医之路。

那时，学校因战火而被迫搬迁至江西永新，老百姓的祠堂成了学生宿舍，在日军封锁下也买不到新教材，但这些艰苦的条件并没有影响教学质量。学生把老师用英语讲授的笔记当作教材，每晚在桐油灯下温习功课。“日子艰苦，但也快乐充实。”他说。

随着日军侵华的深入，学校两次搬迁，最后到福建长汀。在崇山峻岭的险途中，有的人徒步跋涉了几个月，也有的人从此再无音讯。抗战胜利后，当学校迁回南昌时，原本同班的 100 多位同学只剩下了 30 人。

70 年多后，陈灏珠回忆起这段流亡的日子，感叹的是在苦难中学到的东西：快速记笔记的本领，扎实的专业外语基础，强健的体魄，更重要的是不向困难低头的精神。

谈行医：三个首例为心血管疾病治疗探路

1949 年，在新中国成立的这一年，陈灏珠成为上海医学院附属中山医院（现为复旦大学附属中山医院）的一名内科医生。

新中国成立初期，中国医学界对冠心病认识不深，对于心脏肌肉严重缺血坏死仍沿用“冠状动脉血栓形成”称谓。1954 年，年仅 30 岁的他在陶寿淇教授的指导下，发表了论述“心肌梗死”的文章。

“当时，人们很忌讳把‘死’放在疾病名称中。因此，这一提法引起了不小的轰动。”陈灏珠说。他认为，传统的医学方法诊断冠心病，容易引起误诊和漏诊。他在国内率先使用“心肌梗死”命名这一疾病，从此被医学界沿用至今。

“医学领域的创新关乎生命，要完全为了病人着想。”陈灏珠抱着这样的信念，从过去只用听诊器、心电图诊断的方式，转而选择一种新的介入诊断法——将一根管子顺着病人的血管插入心脏，到病变现场一探究竟。这大大提高了先天性心脏病和风湿性心脏病患者的诊断质量。

此后，陈灏珠又成功开创了一个又一个“第一”：第一例埋藏式永久性心脏起搏器安置手术，第一例选择性冠状动脉造影手术，第一例血管腔内超生检查……如今这些已成为心血管疾病治疗领域应用最广泛的技术。

1972 年 4 月 23 日，一位患者因剧烈胸痛被送入了中山医院。经检查，医生怀疑他患了当时并不常见的冠心病，但却无法确诊。

正当所有人一筹莫展之时，陈灏珠决定，为这位患者施行冠状动脉造影手术。

新手术需要新设备。但在那个国内设备还十分落后的年代，一切只能靠自己的发明创造。

冠状动脉造影手术需要一台特殊的 X 光机，以左右旋转，从不同角度拍照，可是医院的老设备在拍照时根本不能转动。陈灏珠灵机一动，既然 X 光机不能动，是否可以自制一个能转动的手术床？于是他和同事们找来木板，做出了一张像“独木舟”似的船形床，病人睡在上面可以沿着纵轴旋转，从而解决了造影时须从不同角度拍照的难题。

而这也是我国首例选择性冠状动脉造影手术，开了我国冠心病介入性诊疗的先河。

作为一种常用的心律失常治疗药物，奎尼丁一直在临床广泛使用。但奎尼丁本身会引起恶性快速室性心律失常，引起晕厥抽搐甚至死亡，“奎尼丁晕厥”也成为医生的梦魇。

1976 年 5 月，陈灏珠收治了一位 28 岁的年轻母亲。该名患者接受了心脏二尖瓣瓣膜分离手术后，突发心房颤动。在服用奎尼丁后，病人逐步恢复了正常心跳。不料，1 个小时后，患者产生恶心、呕吐，进而神志丧失，陈灏珠当即判断，患者出现了“奎尼丁晕厥”反应。

在随后的 10 小时中，病人先后发作 29 次，晕厥间的间隔也越来越短。面对这样棘手的案例，陈灏珠没有惊慌，而是仔细翻阅了病案记录，一条“历时 200 分钟没有发作”的病案记录引起了他的注意，经过研究他认定，大剂量注射异丙肾上腺素可能发挥了作用。

果然，当其用量达到正常剂量的 15 倍时，患者病情逐渐趋稳。此次抢救创造了逆转“奎尼丁晕厥”的世界奇迹。

论家国：没有中国梦就没有个人梦

“在最苦难的日子怎么也想不到，国家今天能这么富强。这些年来，凡是国家和人民需要，我都要上去。”陈灏珠感慨道。

在陈灏珠的抽屉里，珍藏着一枚小银盾，上面写着“病员的哥哥”五个字。这与他 69 年前的一段志愿经历有关。

1950 年，驻上海和江苏一带的解放军，许多人患上血吸虫病。陈灏珠响应华东军政委员会和上海市政府号召，到浙江嘉兴为官兵进行防治。

在驻军的一年里，他每天都要挨个为病员观察病情。一些战士因患病而呕吐，他主动清扫并给患者喂水。他的细致贴心，让患病的战士感到温暖，痊愈的战士归队时，便把这枚小银盾送给了他。

抗美援朝战争爆发后，陈灏珠加入了抗美援朝医疗队，到齐齐哈尔治疗伤员。陈灏珠回忆："当时人手和医疗条件有限，无论是心胸外科手术、骨科手术，还是结核病治疗，我都要干。"

那里的冬天最冷达零下 40 摄氏度。他们外出时戴着大口罩，从鼻子里呼出的气体会凝在睫毛上，形成一道冰霜。由于对天气的不适应加上营养不足，陈灏珠肺部出现纤维化的结核病灶。

在陈灏珠的从医生涯中，最让他产生国家荣誉感的是治疗外宾的一次经历。

1975 年，美国斯坦福大学巴茨博士在参观江苏省血吸虫病防治研究所时突发心肌梗死，生命危在旦夕。当时国内没有一例这样抢救的经验，国外对中国医学也有隔阂，此次抢救不仅关系到病人的生命健康，也关系到刚刚建交不久的中美关系。

陈灏珠受命担任抢救组组长。他婉言谢绝了美方派医师来华主持抢救的要求，与同事们一起经过七昼夜的治疗和监护，终于使病人脱离了危险。

1976 年，美国权威医学杂志《内科学文献》详细报道了此事，同时发表了著名心脏病专家戴蒙德教授的评论："中国医务工作者纯正的热忱、良好的愿望和献身精神提醒了我们，不论政治制度如何，这些品质是应该坚持的。”后来，巴茨博士与陈灏珠也结下了长久的友谊。

“我从事医、教、研工作已经 70 年。我经历过新中国成立前外敌欺辱、民不聊生的时代，也经历了新中国的艰苦奋斗、沧桑巨变，深刻体会到只有把自身同国家的前途命运紧密联系在一起，我们的精神才有归属，奋斗才有方向，梦想才能实现！”陈灏珠激动地说。

如今年过九旬的他，虽然没有工作在临床第一线，但在 2007 年捐赠 100 万元，创立“复旦大学陈灏珠院士医学发展基金”，用于支持医学人才培养和医疗精准扶贫，近年来受到社会各界爱心人士的广泛关注和支持。

据介绍，陈灏珠直接培养的学生共 79 位，还有数不胜数的进修生，其中许多人已成为国内顶尖的心脏病学专家及各地医疗骨干。

“未来的世界是年轻人的，医学未解决的问题需要年轻人努力。”陈灏珠说。

对话

陈灏珠：预防心血管疾病道理简单实现不易

南方日报：您精力还不错，有何养生秘诀？

陈灏珠：我的确还会常回办公室处理事务。我的日常饮食比较注意，尽量少吃胆固醇含量高的食物；以前喜欢打乒乓球，现在腿脚不好打得比较少了（笑）。我也喜欢中国古典文学，每天睡觉前会读一些唐诗、宋词、元曲，用来保持脑子的活力。

南方日报：您近年来是否还会回家乡？

陈灏珠：我家在江门新会还有祖屋，清明期间都会回乡祭祖，每次回去都能感受到家乡的变化。江门山清水秀，是一个非常宜居的城市，市内有一条“院士路”，让我对这里尊重科学的态度印象深刻。

南方日报：心血管疾病是广东人健康的“头号杀手”，对预防心血管疾病您有何建议？

陈灏珠：近年来，我国在心血管疾病防治方面下了大力气，也取得了很大成效。其实，预防心血管疾病道理很简单，但实现起来并不容易。大多数人很难拒绝美食的诱惑，特别是快餐等高热量食品。

我认为，预防心血管疾病要保持一个宽阔的胸怀，培养一个规律的生活和健康的饮食习惯，还要坚持一些体育锻炼。

郑儒永：我一辈子做我热爱的事

人物简介：

郑儒永，著名真菌学家。1931 年生于香港，广东潮阳人。1953 年毕业于岭南大学。1999 年当选为中国科学院院士。现为中国科学院微生物研究所研究员。

她一贯致力于真菌系统的合理化与完善，研究小煤炱、白粉菌和毛霉等目真菌多年。对我国白粉菌目的有关属种以及全世界范围内白粉菌目的所有属的全型进行了详尽的研究，澄清和订正了许多国际上有争议的问题。

在国际上首次发现了高等植物中的内生毛霉和首次报道了我国特有的人体病原毛霉新种和新变种。1987 年主编了我国的第一本真菌志《中国真菌志（第一卷）：白粉菌目》。共著书 10 本（主编 4 本），发表学术论文 101 篇（第一作者 69 篇）。

在中科院小区的一间公寓楼里，88 岁的郑儒永在老伴儿黄河的搀扶下缓步走来。她面带微笑、细语问候，举手投足之间透露着谦逊与优雅。

70 年前，她踏上植物病理研究之路，多年来以探寻科学奥秘为乐，“数年磨一剑”致力于真菌分类系统完善。时至今日，郑儒永关于白粉菌科的属级分类系统，仍保持国际领先水平。

"我只是在做自己热爱的事。"郑儒永笑称。看到广东来的记者，老人马上用纯正的粤语说，现在自己已经不能做什么大事了。未来是属于年轻人的，她会为他们鼓与呼。

"我对什么都有兴趣"

在郑儒永的家中，珍藏了一张照片。照片中，她和姐姐一起正在唱歌，照片下还写了一行字："让我们做我们热爱的事。"

1931 年，郑儒永出生在香港。父亲郑铁如时任中国银行香港分行经理；母亲谢纫瑜是北京师范大学第一届毕业生，出身江苏武进谢家。在这样一个优渥的成长环境中，郑儒永养成了一个乐观进取的姑娘。

年幼的郑儒永似乎对周围的一切都感兴趣：唱歌、绘画、种植、建筑……"我觉得自己可以做任何事情。"她说。

1937 年 7 月，抗日战争全面爆发，日军迅速攻占广州及邻近地区，之后南下至深圳河北岸，与英军为界。1941 年 12 月，香港沦陷，郑儒永的父亲因不愿与日本合作，被日军囚禁，母亲携全家逃难至桂林，后又辗转至贵阳和重庆。在颠沛流离中，郑儒永间歇地读完了初中三年级。抗战胜利后，她考入广州真光女子中学。

"当时我最想报的是清华大学土建专业。"郑儒永说，她从小对建筑设计非常感兴趣，但父母不放心她走得太远。高中毕业后，她放弃了清华大学，改考校址设在广州的岭南大学农学院。

1949 年，郑儒永以第一名的成绩考入岭南大学，选报的是园林系庭院设计专业。可报到时，她才知道这个专业因人少被取消了，而刚刚成立的植物病理学专业四个教授都动员她来学习。阴差阳错间，她选择了这个专业。

“选择的时候就已经知道它会很辛苦，但我还是想做。”郑儒永说，她从未后悔选择植物病理学专业。当时，植物病理学专业有四个老师，但学生只有她一人，每次上课和做实验，教授对她“格外照顾”。无论她何时发问，都能得到满意答复。

大四那年，高校院系调整，岭南大学农学院并入新组建的华南农学院。合并后，郑儒永成为华农学生，尽管那一届毕业生人数不多，但却出了3位院士：郑儒永、卢永根和庞雄飞。

“她既勤奋又有天分”

1953年，郑儒永大学毕业。父母支持她去国外留学，经费已经准备好，国外几所大学也争相录取她，但她却放弃了出国，选择留下来。

“是新中国培养了我，在国家需要我的时候，我应该留下来。”郑儒永说，后来她进入中科院植物所真菌植病研究室（中科院微生物所前身）工作，成为一名研究实习员，师从北京中国农业大学植物病理系主任兼中国科学院真菌植物病理研究室主任戴芳澜教授。

刚来中科院的几年，她并没有如愿进行科学研究，而是做一份重复又简单的工作：整理标本。

郑儒永还记得，标本室里保存着包装不一、大小不一的各种标本，她要做的，就是将这些标本统一，重新打标签、贴标签和包装。就这样，她在标本室里待了4年。

在外人眼里重复单调的工作，却被郑儒永称为“扎实积淀的4年”。郑儒永说，她因这份工作而有更多机会“充电”，也学会了科研的态度和方法。

戴芳澜培养学生自有一套，他不教学生解决研究课题的具体问题，而是要求学生看大量的文献，不断给学生打下坚实基础，要求学生对学科的认识要广。

“他指导工作不是用命令式，而是用启发式，让学生自己去思考探索，直到豁然贯通。”郑儒永说。

在严格要求下，郑儒永的学术水平有了突飞猛进的进步，不仅被聘为中科院应用真菌学研究所的实习研究员兼真菌室业务秘书，还很快发表了第一篇论文《植物病害与真菌标本的采集、制作、保管和邮递》，随后又与当时该领域的诸多研究大家一同翻译、出版书籍。

1958年，中科院应用真菌学研究所与北京微生物研究室合并成立中科院微生物研究所，郑儒永跟随应用真菌研究所进入微生物研究所，成为一名科研人员。此后，她便一直在这个领域工作，直至今日。

“她既勤奋又有天分。”老伴儿黄河对记者说，尽管出身名门，但郑儒永身上一点文弱之气都没有，面对科研中的困难从未抱怨。

在实际工作中，郑儒永经常要到偏远的山区采集真菌标本，风餐露宿。回忆起多年前一次在河北采集标本的经历，她不禁笑了起来。

她讲起来都十分生动，仿佛那一幕就在眼前。当时，他们白天采集标本满身都是泥，郑儒永和另一位女同事晚上偷偷到河里洗澡。“我们远远看到两个绿色发光的东西，开始以为是萤火虫，后来‘萤火虫’越来越近，定睛一看，发现居然是狼的眼睛！”郑儒永说。她们被吓惊了，但立刻反应过来，拿起手电筒用亮光驱赶狼，接着拼命跑回了驻地。

三年经济困难期间，郑儒永未放松学习和科研。她不仅在工作之余学习了日语，完成了《中国毛霉目的分类》和《中国小煤真菌科的分类》的部分编写工作，同时将英文版《中国的真菌》全部翻译成中文。

后来，她不断发表有关毛霉目的研究论文，还编写了《真菌名词与名称》半数以上的名词条目并审订了全部名词条目，为我国真菌分类研究，做出了巨大贡献。

“做哪个行业都会有它的困难，但只要有兴趣，就不会觉得累。”郑儒永说。

后来，她关于白粉菌属的研究结出累累硕果，接连发表多篇重量级研究论文。1985 年，她提出的白粉菌科属级分类系统，澄清和订正了许多国际上有争议的问题，保持了多年的国际领先地位；1987 年与同事合作并主编完成了中国第一本完全经过直接研究写成的真菌志《中国真菌志（第一卷）：白粉菌目》，得到了国际广泛赞誉。

捐献毕生积蓄 150 万元

就在不久前，郑儒永和黄河做出了一个重要决定：捐献 150 万元，设立“郑儒永、黄河奖学金”，奖励中科院大学优秀在读研究生。

“国家培养了我，中科院培养了我，我只是再想做一点贡献。”郑儒永解释自己捐赠的初衷，希望激励青年投身科研，不负时光，努力向上。

熟悉郑儒永、黄河夫妇的人都知道，两人生活节俭，从不拿工资以外的报酬。150万元对于他们来说，是毕生的积蓄。

“我父亲廉洁得不得了，也‘迂腐’得不得了，我可能是遗传了他的这些特点吧。”郑儒永说，遇到难以推脱的请求时，她会尽力帮助，但都是无偿的。

多年前，郑儒永患上了骨质疏松和腰椎半滑脱落症，脊柱上钉了 2 根钢柱和 10 颗钢钉。在医院接受治疗期间，她结识了医院的几位医生，他们成立了一个基金会，免费给西部贫困地区腰椎间盘疾病患者做手术。郑儒永被打动，一次性捐款 10 万元，支持他们的事业。

不止如此，2012—2018 年，郑儒永和黄河向北京海鹰脊柱健康公益基金会三次共捐款 30 万元，用于贫病脊柱患儿的手术治疗。

2016 年，黄河又将父亲黄曾樾收集制作的《乾嘉名贤诗翰》无偿捐赠给福建博物院。《乾嘉名贤诗翰》装裱了 79 篇清代乾嘉时期名家墨宝，其中多数为国家明令禁止出境名人字画。

在黄河的眼中，妻子不仅科研成绩卓越，为人谦逊慷慨，也是一名兴趣广泛、热爱生活的女性。

“她看到一个很好的设计之后，就能过目不忘，还能自己动手。”黄河向记者展示了郑儒永自己设计和编织的衣服。据他介绍，郑儒永身边的不少朋友都穿过她编织的毛衣和剪裁的衣服，她对着我们自豪地说：“这衣服和裤子都是我自己做的。我如果不搞科学，应该是个不错的裁缝。哈哈。”

绘画也是郑儒永的爱好之一。在中科院微生物研究所的档案室里，至今仍保存着她的手稿。

如今，二老已经退休，闲暇时仍不忘关心学生的工作生活状况。学生们也总是到家中看望两位老师。

“我退休了，未来是年轻人的，你们要继续努力，不断进步。”郑儒永对学生们说。

管保强：我们在广东的投资是正确的

腊月的清晨，寒气袭人。佛山市三水区乐平镇中心科技工业园，侨资企业广东澳美铝业的生产车间，机械臂快捷地运转着，依托数据的积累与算法，实现不同子产品的共线生产。与往日不同的是，面露喜色的工人们，期盼着一年一度的新春年会。公司的老板——管保强、管保达兄弟，专程携家眷从马来西亚飞来，与上千位员工团聚。

2005年，祖籍梅州的管保强来到三水，投资兴建广东澳美铝业，注册资本5150万美元。凭借中国先进的研发力量、珠三角完整的产业链和母公司丰富的海外资源，这家侨资企业发展迅速。广州天目广场、澳门梦幻城、马来西亚吉隆坡双子塔、菲律宾马尼拉香格里拉酒店……不少国内外知名建筑都有澳美铝业的身影。

在马来西亚齐力工业集团CEO、广东澳美铝业董事长管保强看来，回国创业的侨商随着中国这部经济快车而迅速发展，亦享受到“一带一路”倡议带来的诸多利好。他呼吁海外华商把握住历史机遇，既成就自身事业，亦可为祖（籍）国发展贡献力量。

“作为客家人，广东自然是我的投资首选地”

南方日报： 您在铝工业领域有30多年的从业经历，因贡献卓越获封丹斯里（马来西亚一项荣誉制度的称号，只有元首有册封权）。您为何会想来中国投资？

管保强：我从美国俄克拉荷马大学电气工程理学专业毕业后，回到吉隆坡，参与创立齐力工业集团，并于 1993 年将公司在马来西亚上市，进而发展成为东南亚最大的铝业企业之一。

进入 21 世纪，我们的铝型材开始进入国际市场，最大的竞争对手是中国企业。那时，因为拥有庞大的中国国内市场做支撑，加之产业集中度较高，“出海”的中国公司在国际市场开始崭露头角。当时，我预估中国铝工业将要迎来新一轮大发展，在全球市场的竞争优势有望进一步提升，这将给我们带来挑战。

由于马来西亚的本地市场有限，企业要做大必须开展跨国经营。考虑一番后，我决定来中国投资创业，一是看准中国巨大的市场潜力，二是想到中国了解、掌握行业新技术、新材料，这对于改进升级马来西亚母公司的生产工艺、产品形态具有示范效应。

南方日报：那时三水的投资环境还不够完善。您为何将企业落地在这？

管保强：我祖籍梅州大埔，父母在 20 世纪 40 年代移居到马来西亚。我从小在吉隆坡的华文学校接受教育。家里人一般都说广东话，普通话、客家话也很常用。作为海外客家人，广东自然而然是我在中国投资的首选地。

而且，佛山的铝产业制造业发展迅速，关联企业加速集聚，并且有的企业开始研发先进的大断面铝型材模具设计及挤压技术，这引起我的关注。这是项目落地的主要原因之一。

2005 年，厂房建设项目启动时，这片地区还是偏僻的农村。政府给我们的承诺是一年后建好高速公路，实际只用七个月就通车了。这种高效给我的团队带来很大的信心。再之后，企业的交通区位优势越来越明显。如今，厂区到港口、机场都只需一小时车程，这极大便利了人员交流与物资往来，有助企业开拓国内和国际业务。事实证明，当初我坚持把生产基地设在三水，是明智的抉择。

南方日报：您和家人有回过大埔乡下吗？

管保强：有的。我这一辈兄弟姐妹众多，家族颇为庞大。每隔一两年，我们就约上四五十个老老小小，包下两部巴士回乡省亲，看看梅州的亲戚和山水。年轻一辈回家乡，晓得祖先生活的地方，接触原汁原味的客家民俗，就会明白自己的根在那里。这个活动我们将一直进行下去。

“政府从多方面支持我们发展智能制造”

南方日报：从 2006 年开业至今，你们企业的主打产品与业务板块发生了哪些变化？

管保强：成立初期，我们以传统建筑铝材生产为主，此后逐步向成品、部件延伸，同时发力工业型材及具有高附加值的深加工环节。

2013—2018 年，我们经历了一场涉及产品和生产的双重变革。前者推动企业从最初的铝型材生产向产业链下游的型材深加工领域拓展，比如汽车天窗、平板电脑外壳、显示屏支架、移动马房等；后者借力智能化制造和“互联网 +”，通过设备升级、机器换人、大数据精细化管理等手段实现流程再造，生产效益显著提升。

2011 年，企业深加工业务量的占比从 10% 猛增至 30%，这引起了我们管理层的关注。为此，我们成立了一家高新科技子公司，从事铝合金深加工的下游产品设计、制造、安装业务。

产品战略的调整带来了市场红利。如今，企业建筑铝材与工业型材的销售比约为 3 ∶ 7，各类深加工产品出口至欧洲、东南亚和澳大利亚等海外市场，涉及 3C 消费电子、交通运输、汽车轻量化、光伏、家居装饰等多个领域。

在推动产品向高精尖特变革的同时，企业通过应用机器人和智能装备，对家居生产线、太阳能产品生产线和铝型材挤压生产线实施自动化改造，不仅有效提升了生产效率，还利用大数据分析进行生产决策。与 2016 年相比，企业 2018 年的生产效率提升了 40%。

南方日报：不少传统制造业企业在拥抱互联网、大数据的过程中举步维艰。哪些因素为您的企业转型智能制造保驾护航？

管保强：作为侨资企业，我们在人力资源、资本资源、企业贸易网络等方面具有较强的综合实力。这几年，我们利用国内外资源优化技术与管理团队，多个板块同步提升形成了合力。比如，我们从国外引进职业经理人作为高管。在新材料研发方面，我们与中国内地的多所大学开展合作；在模具铸造方面，与中国台湾的专业团队牵手；在生产线自动化改造方面，我们与日本、欧洲的公司保持密切合作。

当然，企业开展智能化制造的底气主要来自中国。在中国，高等教育的发展培养了大量不同知识背景的专业人才。

这些年轻人能紧跟世界铝业发展最新动态，对我们的国际业务拓展多有益处。目前，我们与中山大学、中南大学、佛山技术学院等科研院校建立了校企合作关系，定向培养与输送骨干人才。另外，我们与苏州大学合建新材料研发中心，并签订了人才培养战略合作协议。

南方日报：中国各级政府部门对经济发展十分重视，您对此有什么体会？

管保强：政府从多方面支持我们企业向智能制造转型。2011 年，我们新成立的高新技术企业的子公司，享受到了政府的税收减免等方面优惠政策。去年，为使生产环节更加智能化、自动化，我们引进了一台大型高端智能装备，耗资上亿元，政府予以了技改补贴。现在，我们会主动关注政府的产业扶持政策。

中国技术助力马来西亚母公司转型发展

南方日报：您怎么评价海外华商到中国投资创业的有利因素？

管保强：中国改革开放的伟大创举，令经济取得巨大的腾飞，同时为海外华商来创业、发展打造了广阔的舞台。我作为粤籍海外华商，回到广东投资具有天然优势。这个优势主要是熟悉中华文化，语言、风俗与情感相通，容易跟当地员工建立互信、携手前行。我们企业员工在春节后返回率高达 95%。

这十多年来，我从未把在广东创业视为一种尝试，而是作为齐力工业集团未来转型发展的重心。三水工厂开业的前几年，我就投入了一亿多美元建立高等级铝型材生产基地，之后又陆续追加投资。我们近三年的产值分别是12.5亿元、15.5亿和16.5亿元，增幅显著。

我经常来广东，越了解情况就越坚定信心，对这块土地也越有感情！

南方日报：在中国的发展，给您在马来西亚的事业带来怎样的影响？

管保强：在这里，我们可以准确把握中国铝行业的发展动向，其中既包括了电解铝领域的技术创新，也包括铝产业链上游的运作模式。几年前，为向铝产业链上游拓展，我们在山东、湖南开办了碳素企业，也收购了澳大利亚一家氧化铝冶炼厂的部分股份。

我们还利用中国的电解铝技术，反哺马来西亚的母公司，在齐力工业集团成立了电解铝事业部，致力于拓展铝行业上游产业链的业务。我们在马来西亚多地设立大型冶炼厂，把当地水电资源与中国技术优势有机结合，发展势头很好。

如今，齐力工业集团打通上下游产业链的转型思路，正是来自这些年我们在中国的实践与思考。不久后，从铝土矿开采至成品、部件的整条铝产业链条，我们将实现全覆盖。

南方日报：您如何看待“一带一路”倡议？

管保强：近些年，在“一带一路”政策背景下，广东与东南亚各国的经贸合作平台日趋完善，在粤企纷纷“出海”之时，海外华商来粤投资创业的现象也越来越多。我们在马来西亚和中国的投资活动，顺应了“一带一路”倡议的理念，也是以实际行动投身其中。可以说，华商既是“一带一路”建设的参与者，也应是促进者！

对于“一带一路”倡议给中马双边贸易带来的利好，我感觉很是兴奋。在中马经贸投资合作方面，我的企业走在了前列，以后要争取成为在两国贸易中具有较大影响力的标杆企业。

中国是世界第二大经济体。由中国和有关国家共建“一带一路”，能把各国的优势结合起来，形成互补，共享发展的机遇。未来，我期待借助“一带一路”平台，与更多中国企业牵手，既成就自身事业，也为祖籍国发展贡献一分力量。同时，我打算把更多中国的技术成果、先进设备、发展经验，推广到马来西亚等东南亚国家。

栗原博：我在延续父母未竟的事业！

办公室高挂着红灯笼、中国结和书法作品，暨南大学日籍教授栗原博这样传递出他的中华情。即使是节假日，他也会一早出现在这里，开始一天的忙碌。

栗原博有着特殊的家庭背景：他母亲栗原悦子16岁时来华，从1945年把青春献给中国的革命和建设事业，直到退休后才回到日本。栗原博本人的童年和少年时期是在中国度过，直到32岁时随父母迁居母亲的家乡日本。他曾师从诺贝尔奖得主大村智，成为研发创新药物的科研人员，先后任职于日本多家知名研究机构和企业。2004年，受中国工程院院士姚新生邀请，他全职加盟初创不久的暨南大学中药及天然药物研究所。15年来，栗原博的团队聚焦中药对疾病易感性作用的研究，破解了中药药效表征难的瓶颈问题，建立起适合中药作用特点的药效评价方法，推动中医药现代化、国际化步伐，从而获得中国国际科技合作奖。

“我的根在中国，母亲的榜样力量激励我回来，为中国的建设和中日间的交流尽一份心。”栗原博说。

母亲是少有的日裔中共党员

南方日报：您母亲是怎样来到中国的？

栗原博：我母亲栗原悦子出生在日本东京。二战结束前夕的 1945 年，美国空军轰炸东京，居民纷纷疏散。那时，我母亲是一个 16 岁的高中生，因为家庭问题而离家来到中国东北，在延边找了份仓库保管员的工作。不久，仓库被共产党领导的东北民主联军接收，她就加入了东北民主联军。

南方日报：您母亲当时很小，从事什么工作？

栗原博：她在东北民主联军辽东军分区的医院当护理员。那家医院里留用了一批日本的医生与护士。我母亲年纪小，很快就学会了中国话和朝鲜话，于是也做一些翻译工作。

之后，母亲随部队参加黑山阻击战等辽沈战役的多场战斗，辗转锦州、沈阳多地，护理伤员。之后，为支援新中国成立初期的重工业建设，母亲转业去了煤矿重地北票矿务局的职工医院，当时才 20 岁出头。

南方日报：您父母是在北票相识的？

栗原博：是的。我父亲是新中国成立前的医科大学生。1948 年，他就走上了革命道路。新中国成立后，在中国医科大学留校工作的他，主动申请到基层工作。于是，在北票矿务局职工医院，我父母亲走到了一起。1954 年，我在北票出生。我三岁的那年，随母亲去过日本探亲，几个月后还是回到了中国。

我父亲作为儿科主任，常常在深夜赶回医院救治病人，连续几天不回家是常有的事。母亲在内科工作，有时为抢救病人深夜时才能回来。

我母亲从 20 世纪 50 年代起开始申请入党。直到在沈阳药科大学工作期间，她终于如愿地成为一名日裔中国共产党党员。她觉得非常光荣。现在，在我日本家中的墙壁上，仍挂着一张母亲 20 世纪 50 年代的中华人民共和国入籍证书，上面有时任中国外交部长周恩来先生的签字。全家人都以此为豪。

南方日报： 在推动中日交流方面，您母亲花费了大量心血。

栗原博： 是的。从20世纪50年代起，母亲多次向日本媒体介绍新中国的发展面貌，向日本议员解说中国实行的共产党领导的多党合作和政治协商制度。20世纪70年代末调离北票到沈阳药科大学任职，她为中国培养了许多人才，在沈阳广播电台教授日语多年，还担任中国国家医药管理局在沈阳药科大学举办的日语出国培训班，以及沈阳药科大学药学日语班的主讲。母亲说，她小时候有两个愿望，一是当护士，二是做老师。这两个愿望在中国都实现了，所以从没有怀疑过自己留在中国的选择。

母亲离休后回到日本定居，继续为中日友好出力，参加当地的中日友好活动。每当中国政府代表团来访居住地滋贺县和大津市时，她都被当地政府安排出席。

来粤后研究方向转为中药

南方日报： 您是怎么走上药学研究的道路？

栗原博： 上大学前，我在辽宁下乡做过知青，后进入沈阳药学院（后更名为“沈阳药科大学”）学习，毕业后留校从事药理研究。1986年，我和家人回到母亲的故乡日本，获得北海道大学医学部博士学位。我曾在日本北里研究所、日本科研制药研究所从事药学研究。1993年，我进入日本一家世界五百强企业三得利做新药研发。

南方日报： 去日本前，您会说日语吗？

栗原博： 我从小是在家里听日语的环境长大，所以日语基础较好，反而我的普通话带有东北口音。

南方日报： 您后来如何回到中国发展？

栗原博： 到了日本，我心里总想有一天还会回到中国。2003 年，中国工程院院士姚新生在暨南大学组建中药及天然药物研究所。

我父母和姚新生院士曾经是邻居。姚院士担任过沈阳药学院的负责人，也曾是我母亲日语课的学生，赴日本深造后获得东京大学药学博士学位。我去日本后，一直和他保持联系，尽可能地提供一些科研所需的仪器。他后来邀请我加盟暨大，当时我 49 岁，还是可能干一番事业的年纪。于是，2004 年，我正式来广州工作，并且在日本企业的支持下，带来一批先进的仪器设备与科研基金。

南方日报： 加入暨南大学后，您的研究方向由西药转向中药吗？

栗原博： 是的。中药是中国医学科学的特色，也是强项。但中药的作用机理尚待明晰，于是我选择这条路重新开始科研。

我的团队研究中药方剂对治病的科学内涵，基于“情志致病”中医理论，聚焦中药对疾病易感性作用的研究，构建起适合中药作用特点的药效评价体系。此外，通过研究心理因素对人们体质和疾病易感性的影响，我们团队希望加强对疾病的早期预测、早期诊断，提高疾病诊断与防治能力。

南方日报： 在刚刚过去的教师节，您一定也收到很多祝福。您带出了许多出色的学生。如何理解教师这份职业？

栗原博：人在什么环境里，就会有什么心态。总跟学生在一块，我个人也深受其益，感觉到活力与充实。同时，我也常常鼓励学生们发挥出更多的潜力与价值。

我的团队中曾有一个香港学生，学业优秀，但家庭条件不是很好。我连续几年为他提供经济支持，鼓励该学生攻读博士学位。从暨大博士毕业后，他入职香港一所知名高校，我对此很欣慰。

鼓励年轻科研人员心怀匠心

南方日报：您是 2011 年度中国国际科技合作奖得主。作为华裔日籍科学家，在促进中日交流方面，您做了哪些工作？

栗原博：中日是邻国，有几千年交往的历史，特别是中国改革开放以来，两国间的学术往来日渐密切。我的导师诺贝尔奖得主大村智博士，也是暨大客座教授。

在中药的药效学及作用物质基础研究方面，我的团队与东京大学等日本高校有很多交流。今后的合作，会更加向产学研成果转化方面倾斜。在中药及保健食品的应用开发方面，中日团队的合作前景很大。

南方日报：您团队的年轻科研人员成长迅速，有哪些经验可以分享？

栗原博：到暨大的头几年，研究团队只有我一人。2009 年以来，我指导的“80 后”博士何蓉蓉和“85 后”博士李怡芳都留校工作。如今，她们都已是广东省自然科学杰出青年基金获得者。何蓉蓉教授还入选多个国家级人才项目，成为国家优青和珠江学者特聘教授。近些年，实验室先后获中国教育部科技进步二等奖、中国专利优秀奖、广东省科技进步一等奖等荣誉。

在我走上学术道路的早期，导师大村智告诫我，一个年轻人也好，一所实验室也好，选定科研方向后坚定走下去，持之以恒，一生做好一件事，就可能会有收获的。

南方日报：这是科学界的匠人精神吧。您如何看待中华人民共和国成立 70 年来的发展变化？

栗原博：中国曾经是贫穷落后的国家；今天，中国正发展成为世界经济和科技强国，未来会变得更加强大，这个势头很明显。

也是由于中国的开放与高速发展，亚洲才得以真正成为全球增长最快的地区，“亚洲崛起”才得以真正成为现实。近些年，越来越多跨国企业表现出对中国市场的重视。日本汽车和化妆品的业务主要增长点，就是有赖中国市场。中日经济合作的广度和深度正不断拓展。

南方日报：您父母回中国多吗？他们对中国近年的发展新貌有何感受？

栗原博：母亲在中国工作大半辈子，回到日本后也一直关注中国的发展新貌。母亲是我一生的榜样！我父母都 90 多岁了。每年冬天，他们都会来广州过两个月，对广州的环境和发展都很喜欢。

现在我所做的一切，也是延续父母未竟的事业。

杨宜珍：新中国的强盛，我是见证者、参与者

他们曾是新加坡进步华侨学生中的青春眷侣，是新中国成立初期东北建设和改革开放大潮广东光辉篇章中的恩爱夫妻——广东省原副省长黄清渠和广州市第一人民医院儿科医生杨宜珍。

当“中国人民从此站起来了”这句最响亮的宣言，从北京传到全世界，无数海外华侨青年排除万难，回到祖国怀抱。黄清渠考上大连工学院（现大连理工大学），后进入哈工大研究生班深造；杨宜珍考入中国医科大学。毕业后，这两位来自东南亚的归侨在“冰城”哈尔滨工作了 30 余年。

1984 年 7 月，在他们调回广州一年半后，黄清渠当选广东省副省长。1988 年，他当选省政协副主席，并成为致公党广东省委主任委员。1989 年 1 月，黄清渠倒在工作岗位上。而杨宜珍一直在广州市第一人民医院儿科工作，退休后又投身广州市儿童福利事业。

谈及 70 年前回国的初衷，年近九旬的杨宜珍说：“我们这些年奋斗的最大动力，就是‘爱国’二字。新中国成立 70 年来，中华民族实现了从站起来、富起来到强起来的历史性飞跃，我们既是见证者，更是参与者。”

谈归国：看到码头上的五星红旗时又唱又跳

南方日报：您和清渠先生在新加坡时，是怎样认识的？

杨宜珍：我祖父 14 岁时去缅甸打拼，后在东南亚一带经营船务、米业等生意。1937 年卢沟桥事变爆发后，母亲带着我和弟弟离乡南渡，与在新加坡的父亲团聚。

在新加坡南洋女中念书时，我喜欢参加华校的抗日宣传活动。清渠的父亲是进步侨领，追随陈嘉庚先生从事抗日救亡运动。他很支持年轻人的活动。我们在清渠家办小报，招待中艺合唱团。

“太阳下去明天依旧爬上来，花儿谢了明年还是一样的开！”中艺合唱团演出这些中国歌曲时，我和清渠全家人场场观看，关注着中国形势的变化。我俩在这些活动中开始恋爱，订立了婚约。

南方日报：您和清渠先生回国的经历曲折吗？

杨宜珍：1949 年，中国解放战争形势发展迅速，清渠深受鼓舞。他迫不及待地想要投入新中国怀抱，就和同学在 6 月 18 日告别父母，踏上开往香港的轮船。然而，由于台湾海峡被国民党的军舰和水雷封锁，清渠在香港待了 1 个多月，才得以冒险乘船北上，从天津抵达北平（北京）。当广播里传来毛主席在天安门城楼上的庄严宣告：“中国人民从此站起来了！”他激动得掉下眼泪。

当时，回国参加新中国建设，在东南亚华侨青年中蔚然成风。1949 年 12 月 26 日，圣诞节的第二日，我在离家前交给父亲一封告别信。我父亲什么也没说，只在信上写了一个“可”字。之后，我拿着一个旧箱子便上路了，不想这一别便是 30 多年。

在回国的船上，我们在货舱里打地铺，一路上晕船，原先素不相识的热血青年互相鼓励。在海上漂了一周后，我们于 1950 年元旦那天抵达香港。大家互相搀扶着来到甲板上，当第一眼看到码头上的五星红旗时，立刻又唱又跳。

南方日报：您也走上与清渠先生同样的路了。

杨宜珍：是的。我也是先到了北京，在全国学联安排下，和其他归侨和港澳青年一起埋头复习，参加了新中国成立后的首次大学招生考试，于 1950 年 3 月考入位于沈阳的中国医科大学，成为新中国的首批大学生。我当时有两个念头：要加入中国共产党，要成为优秀的儿科医生，后来一一实现了。

南方日报：从四季如夏的新加坡到冬季寒冷漫长的东北，很难适应吧？

杨宜珍：是啊！抗美援朝战争期间，学校从沈阳迁去更加冷的黑龙江省北安县，离中俄边界不远，冬天气温低至零下 42 摄氏度，和新加坡的气温足足相差 70 摄氏度。在那里，我们睡的是用木板钉成的炕，上厕所要跑到野外。大家轮流持枪站岗，每两小时换一次岗，附近还有狼出没。为支援志愿军购买武器，我把母亲给的首饰捐了出去。

那时，我们一听到火车的鸣笛声，立马去车站接从朝鲜前线回来的志愿军伤员，给他们包扎伤口。伤愈重回前线的战士，后来给我寄来了立功受奖照，我一直珍藏着这些照片。前些年，我约上几个老同学去北安重游。那里变化很大，成了一个漂亮的旅游小镇。

谈团聚：以事业为重，把到手的调令退了

南方日报：你们在东北也是异地恋，当时如何团聚？

杨宜珍：我俩回国后的首次见面，是我上大二时，他从大连来学校看我。1954年，清渠从大连工学院毕业后，进入哈工大研究生班精密仪器专业深造。其间，我俩一直是书信联络，7年中只聚过两次。直到1955年底我大学毕业，被分配到广西南宁第一卫校任儿科教师。

1956年7月，我俩结婚后又是两地分居。1957年，清渠从哈工大毕业后留校。1958年5月，我调到哈尔滨电机厂工作，这才夫妻团聚——两张单人木板床钉在一起，就是家了。

他在哈工大，长年备课和写作到深夜，困了喝杯茶，饿了嚼点炒黄豆。从20岁的青年学生到50岁的科研带头人，他为哈工大贡献了无悔的青春。

而我作为哈尔滨电机厂职工医院的首位大学生，有时因抢救重病儿，忙得三五天不回家，或者半夜要放下自己的孩子出诊。那些年，我收到不少患儿家长送来的感谢信、锦旗和镜子，认了不少干儿子和干女儿。

南方日报：您家公黄复康是东南亚知名爱国侨领，他也在新中国成立不久回国了？

杨宜珍：是啊。1949年，在新中国成立前夕，家公把清渠和他姐姐黄灼人送回祖国，小女儿黄铮人随后回来。在新中国成立3周年时，家公家婆抵达广州，后受邀到北京参加华侨回国观光团，走遍了大半个中国。之后，他定居广州。

南方日报：那时，你们是否想回广州和老人团聚？

杨宜珍：从感情上说，当然是这样。可老人家支持我们

在更加艰苦的地方工作，并为我们照顾几个孩子。

1978 年家婆去世后，家公曾经希望我们回广州工作。那年他在北京公干后，去了一趟哈尔滨，受到哈尔滨市侨务部门和哈工大热情款待。当时，清渠是哈工大副教授、黑龙江省政协委员，我被选为省人大代表和全国第四届妇女代表大会代表。家公最后说，你俩在哈尔滨的政治地位和业务水平提高了，应继续留在北方做好工作。于是，我和清渠以事业为重，就把到手的调令退了。

不想 3 年后，家公突然去世。考虑到小女儿才 15 岁，一人在广州生活有困难，我俩才又提出调动工作。1983 年初，我俩调回广州。清渠在广东省科学院测试分析研究所工作，我成为广州市第一人民医院的儿科医生。

谈入党：“你 40 年来的愿望实现了，看见了吗？”

南方日报：您和清渠先生连续多年递交入党申请书。

杨宜珍：是的。早在新加坡南洋华侨中学念书时，清渠受父亲和作为中国知名战地记者的姑姑黄薇影响，对中国共产党心生向往。回国后，我俩各自在大学里入团后就申请入党。我们即使受到冲击，仍坚信“只有共产党才能救中国”。

30 多年来，我和清渠先后当上先进工作者、人大代表、政协委员，每逢“七一”就写入党申请书，提交思想汇报。

南方日报：你们入党心愿最后什么时候实现？

杨宜珍：记得 1984 年 6 月的一天，清渠高兴极了。原来，他填写了入党志愿书，单位支部大会通过了。后来他担任副省长要做华侨工作，入党的事被搁置。1988 年 1 月，清渠要到省政协任副主席，他向时任中共广东省委书记的林若申请：一是想加入中国共产党；二是希望恢复他父亲曾当副总经理的华侨投资公司，利用其海外关系促进经济建设。

第二年1月，清渠突然去世。中共中央组织部同意了广东省委的意见，追授他为共产党员。我和女儿为他计算了该交的党费，是从5年前省测试分析研究所的支部大会同意他入党时算起的。

我把100元党费交到省政协党组后回家，把党费证举到清渠的遗像前，告慰他："你40年来的愿望实现了，看见了吗？"愿他在天能听到这个喜讯。

1984年11月我成为一名中国共产党党员，之后获得优秀共产党员称号。2019年我快90岁了，几天前还回医院参加党的组织生活。

南方日报：清渠先生是一名归侨副省长。

杨宜珍：1984年7月，我父亲在新加坡病危，我和清渠前往探亲。那是清渠回到祖国35年后，首次重返新加坡。我们在这时得知他当选副省长的消息。对此，清渠感到任重道远，马上就地了解新加坡的建设经验，为新的工作岗位做准备。

担任副省长期间，清渠主管科技和侨务工作。他在深入调查了解广东省科技工作状况后，向省委提交广东科技发展的长远规划和措施。

出身华侨家庭的他对侨务工作很上心，注重维护华侨、归侨、侨眷的合法权益，推动落实城乡侨房政策工作全面展开，令侨胞纷纷回乡投资。他为援建项目牵线协调。华厦大酒店工程是在他去世后才完工，我受邀参加了开业剪彩仪式。

他还兼任省华侨农场改革小组副组长，走遍全省的华侨农场，为解决实际困难费尽心血。在他的追悼会上，不少归侨从外地来见他最后一面。

1988年，清渠当选为省政协副主席，主管华侨、科技和城市建设工作，并兼任提案委员会主任。同年底，他当选为致公党广东省委主任委员、省华侨投资股份有限公司董事长。

谈晚年：儿童福利工作成为“第二事业”

南方日报：清渠先生的离世令人痛惜。

杨宜珍：“生一日则尽一日之赤心”是清渠的座右铭。不管做什么工作，他都很忘我。去世前的2个月，他太累了。1989年1月23日，他在主持省致公党常委会前刻，突然倒在会议室，再也没有起来。那年他才59岁。

直到现在，我有时还感觉他是出差了。我鼓励自己多接触新事物，振作起来。

南方日报：承受着丈夫逝世的创痛和儿女离别的不舍，您在退休后投身儿童福利事业。这里面有哪些故事？

杨宜珍：退休后，社会工作成了我的第二事业。在40多年儿科临床工作中，我看到过不少新生儿疾病给孩子留下后遗症，给家庭带来不幸。1992年9月，在广州市妇联支持下，市弱智儿童保健咨询服务中心成立，我担任主任。

另外，我经过多番努力，于1996年5月创办一所专收智障幼儿的新运幼儿园，向政府和社会各界筹款建立“康训助学金”，也向海外侨胞、侨资企业争取赞助。直到2005年我因患胃癌做手术，才不得不放下这些工作。

南方日报：2019年是新中国成立70周年。您根据自己的特殊经历，对中国这 70 年特别是改革开放 40 多年的发展变革，有什么体会？

杨宜珍：70 年间，在中国共产党的领导下，中国从一穷二白的落后国家，成长为世界第二大经济体。中华民族实现从站起来、富起来到强起来的历史性飞跃。作为归侨及拥有 35 年党龄的老党员，我的青春都献给了祖国，是祖国发展的见证者，更是参与者。

我很关注时事，紧跟祖国发展形势，读报纸、看电视是每天的必修课。党的十九大通过的《中国共产党章程（修正案）》，我认真学习了，做了很多笔记。

另外，我喜欢接触学习新事物，70 岁起学弹钢琴，后来又在社区学电脑操作和手机微信，每天都会和儿孙们视频聊天；写文章在网上分享，有时还与归侨朋友聚会。孩子们邀请我去国外定居，我觉得还是在这里充实。

南方日报：您如何看待中华民族伟大复兴进程中的华侨华人作用？

杨宜珍：华侨华人对祖国有着纯粹的情感。过去，我祖父那一辈的华侨是被当作“卖猪仔”出洋的，饱受祖国落后的屈辱。他们相信，只有祖国强大了，华侨华人的地位才能提高。因此，我祖父赚钱后就回家乡办学，还在缅甸办华文学校和报纸，支持孙中山开展革命活动。在新中国成立前后，我们这些归国的华侨青年，为祖国的社会主义建设贡献了力量，是中华民族伟大复兴力量中的一分子。